NQ

時代

金武坤◆著

盧鴻金◆譯

經商社匯 9

【序言】
脫離IQ陰影，以NQ存活

　　從前有一個人，他學的東西不太多、也沒有可以炫耀的家世、長得也不是很好看，因此世人蔑視他也是順理成章。

　　可是他不太在意世人如何對待他，無論是什麼東西，他都願意和別人一起分享，因為他和別人見面、談話、參加他們的慶典時，他都覺得自己很幸福。請不要懷疑他是不是想從別人那兒得到什麼好處，因為他周圍的人和他一樣，大部分都是被這個世界遺棄、遭受歧視的人，儘管如此，他總是珍貴地對待他身邊的人。

　　那個人最後怎麼樣了呢？他成為歷史上最受歡迎的超級巨星，甚至到了人類歷史必須以他出生前、後作區分的程度；一本記錄關於他的故事和他說過的話的書，成為全球最暢銷的作品，為數眾多的天才所創造出的超凡理論，都無法超越過他的書；而無論是多麼傑出的政治家，都無法說出比他更能撼動人心的偉大演說。

　　好！現在你們都知道他是耶穌了吧？請不要因為這本書一開始

就以耶穌為例，而將這本書與耶穌連貫起來，甚至闔上書。容我先聲明，我並非基督徒，因此絕非為任何宗教目的，而說起耶穌的故事。

我提起耶穌的原因正因為他是「NQ（共存指數）的始祖」、「NQ的天才」，我真正想說的是，他沒有任何財富，也沒有提拔他的人，僅憑自己的力量而成功的耶穌真是NQ的始祖，耶穌早已告訴了我們NQ指數高的人比IQ高的人更偉大的事實。

我們在IQ（Intelligence Quotient：智商）支配整個人生的社會，更正確地說，在出生二十年間，視提高IQ為至上目標的社會生活已久，EQ（Emotion Quotient）出現，正令人期待是否可鬆一口氣時，卻發現EQ只不過是IQ的輔助手段而已。

那麼，IQ高的人是否都能成功、幸福呢？不是的，因為我們曾看過無數IQ高的人在人生中失敗，或不幸地度過每一天的生活。

IQ低的人是不是都無法獲致成功呢？對於人類而言，除「智能」外，是不是就沒有其他能力呢？答案是否定的，有太多IQ不高，卻能過著成功、幸福生活的人。

我想向大家說明與人交往時，不要用「頭腦」，而要用「真心」對待，環視周圍，有很多將人際之間的網絡處理得很好的人，我認為能與周邊的人「共存」的能力，比「頭腦」更重要，這世上不是只有自己一個人生存，與他人的「關係」正決定是否能達到

成功與幸福。

NQ（Network Quotient：共存指數）就是從這裡出發，NQ係是否能妥適維持與別人共存網路的軌道，亦是測知如何能讓人幸福的指數。現在知道為何耶穌是NQ的始祖、NQ的天才了吧？他見到別人就感覺非常幸福，而且也讓別人感到幸福。

為了成功，好的學校、好的家門是必備條件的想法似乎越來越強，我也看到很多無法擁有上述條件的人因為劣勢、以及對未來的不安而悶悶不樂。

但是讓我們轉頭看看，不必轉得太遠，想想看我們周圍成功的人吧！他們的人生是否全受學歷、身家背景左右？我並不想否定截至目前為止，世上的牆築得有多高，而是希望我們都能仔細觀察一下越過高牆的人。不需要去查閱古代歷史，沒有受過正規教育的雜貨商的女兒可以成為英國首相，我們也沒有必要去尋找外國的例子，因為家境窮困，只能讀到高中畢業，而且是高商畢業的兩個人，竟然可以連續成為韓國前、後任總統。

成功的人都是將自己的「人際網路」建構得很好的人，他們從不抱怨自己的背景不好，他們也都會將原本困難的環境轉化為能夠讓自己喜歡、並且能夠幫助自己的環境，他們為什麼可以如此？因為他們先走近別人、先向他人低頭、先將自己獻上所致。

我確信讀這本書的人都能擁有良好的「人際網路」，如果有人懷疑「我也可以嗎」，請不要太過擔心，因為NQ不是與生俱來，

　　而是創造出來的，正如同成功與幸福都不是從天而降一般，NQ
也不是平白無故從天上掉下來的。就算現在你的、你子女的NQ
稍低也不需擔心，因為從現在開始提高也不晚。

　　希望你們讀完這本書以後，無力而低垂的肩膀能夠挺直起來，
真誠地盼望你們從此刻起，能夠完全擺脫IQ的陰影，我的願望是
不是太高了？

第一章

現在是NQ的時代

從此刻起，你再也沒有靠山

向「還在族」詢問

你「還在」尋找學緣、地緣、血緣嗎？你「還在」相信出身學校、出身地區、家門能堅實地保障你的人生嗎？

「還在族」是那些仍然相信「背景」、「裙帶關係」，甚至相信同學會和同鄉會傳說的族群。

我並不是想說類似「我們社會應該重視實力，背景和裙帶關係無用論」此類不負責任的話。事實上，韓國長久以來受背景和裙帶關係的影響甚深，直到現在，其威力仍未稍減，這個國家仍是每當內閣改組時，由各地方的閣員分食職位的國家，報紙上充斥著湖南（全羅道）的人佔多少百分比？嶺南（慶尚道）的人佔多少百分比？地方安排是否均衡？或是哪個高中、哪個大學畢業的人得勢等報導，任何人都無法否認韓國的社會仍然是一個凡事以關係為中心的社會，可是未來將不復如是。

從此刻起，「還在族」的堅信勢將消失，僅存的堅信只是對過去「曾經燦爛的季節」的一種迷戀而已。

「裙帶社會」正在解體

「人有失足，鳥有落翅」，韓國的四大組織，未來是否能永保榮景？答案是否定的。

現在已不會有人相信凝聚力曾經固若金湯的××高中同窗會、××大學校友會、××戰友會、××同鄉會的團結力與影響力在五年、十年後仍然持續。

曾經高喊「國籍可以更改，但母校卻不容遺忘」的校友們，現在就算念同一所大學，對彼此已不再關心。以前只要是同鄉，一律以兄弟相稱、徹夜交遊，但這種情況亦已不復多見。過去十分重視家門傳統與排行，但此種「家門的榮光」消失已久，這個時代已經是父母過世後，兄弟之間老死不相往來的時代。

如果今晚七點薩爾薩舞網路家族、高中同學會、同鄉會、宗親會等同時舉行，你覺得你會參加哪個聚會？二十幾歲的年輕人會參加哪個聚會？我希望你能好好思考。

不過十年前，如果趕著出國而無法買到機票時，我一定會立刻打電話給大學同學：「喂！有誰在××航空公司？朴學長還在那兒上班嗎？」

可是時代已經大不相同，現在你只要在網路留言版上留下「請求協尋幾月幾號到東京的機票一張」的話，家族會員一定會挺身而出。

我們現在正處於這樣巨變的時代中，截至目前為止，我們的社會是一個不需要掮客、公關的社會，親戚、同學會等組織就是公關公司、廣告公司，專門解決各種疑難雜症，還有什麼必要結交新朋友？

可是現在這種結構正在崩潰之中，在我們還來不及認知之前，過去以裙帶關係為中心的社會為之崩離，可資代替的「新的背景與關係」正如蜘蛛網般，逐漸成形。

為什麼會變成這樣呢？答案其實很簡單，就是從血緣、地緣、學緣中獲得的東西比以前明顯少了很多之故。

亦即家門、同鄉、同學會等組織所可以給予我們的好處，突然一下子減少了許多之故。持續已久的「裙帶關係」效能之所以沒落的原因，可以從我們社會中「父親」所擁有的權威，為何會消失的答案中一見端倪。

過去父親獨佔資訊

過去我們的父親們具有絕對的權威，我們畏懼父親，而且父親本身是難以接近的存在。不論父親是否富有、是否擁有高尚的職業、是否有特別的能力，都會得到子女們的尊敬。不只韓國人，就連日本人不久前在調查全世界最可怕的存在時，地震、父親雙佔鰲頭。

但是現在如何？父親比以前賺更多錢，比以前更努力工作，可

是仍然得不到家人更多的尊敬。父親們唯恐自己在這個大權掌握
在母親手中的家庭裡被孤立，所以比以前更唯唯諾諾、更溫柔多
情，父親的權威如今已不復可見，若有，也僅是留存於懸掛在客
廳牆上的全家福照片中而已。為什麼會變成這樣？答案就是過去
父親們擁有的「資訊獨佔結構」已然被瓦解所致。

　　過去我們的父親之所以受到尊敬的原因並非經濟能力，而是他
們所擁有的資訊力。他們保有從原野與森林、海洋與江河、戰場
和職場中所獲得的寶貴知識，所以獲致家人的尊敬。當時父親們
是與外在世界溝通的管道，也是令人敬畏的對象。我們從深夜歸
家的父親外套細縫中，感受到隱隱滲出的寒氣時，我們就可以知
道冬天已然來臨；我們用父親製作的彈弓可以轟掉麻雀的腦袋，
我們也經由父親得知區分比目魚和魴魚的訣竅，學習剝掉野兔皮
的方法。

　　進入農耕社會以前，父親們最初從事的工作就是狩獵，而且這
個工作持續了數百萬年之久，父親冒著生命危險，將猛獸撲殺，
然後教導下一代與狩獵相關的知識與技術。

　　但是進入現代社會以後，隨著電視的普及，父親的資訊獨佔結
構徐徐地為之瓦解。只有報紙的時候還好，在父親看完報紙之
前，妻子和孩子們不可能先行閱讀；那個時節，困難資訊的解釋
當然是父親的任務，但自從電視佔領客廳起，不需經由父親，各
種解釋得條理井然的資訊直接傳達給妻子和孩子們。

　　時至今日，父親獨特的魅力正由於「該死的電腦和網路」而完全崩解。

資訊獨佔的社會已然結束

　　正如同父親在家中的角色，過去「家門」也曾經獨佔資訊。各級政府裡哪個位子出缺、這次人蔘是買比較好或是不買比較好等資訊，不需經由職場同事告知，也能由血緣關係中得知。遇到重要節日時，大家聚集在一起，對話的內容不外是「小姪子現在做什麼工作？這次水利會有個位子空出來，先想辦法佔著！」等話題。

　　進入都市化、產業化時代之後，過去「家門」曾發揮的功能就漸次由學校的同窗會、同鄉會取代。白天在辦公室裡上班時無法聽到的公司祕密，晚上參加同窗會或同鄉會時即可得知；連對直屬上司也不會報告的事情，一遇到學校前輩、後輩或同鄉時，一定一五一十地交代。因此記者與被採訪者、執政黨與在野黨、勞動者與雇用者、檢察官與律師等人白天假裝衝突對吼，一到晚上就在別人看不到的地方開懷暢飲、互稱兄弟，進而交換情報。在這種構造之中，名校畢業的人和非名校畢業的人所能得知資訊的質與量就相差甚遠，獲得的資訊產生差異，自然實力也會越差越遠。

　　但是現在不同了。可以從親戚、故鄉大叔、同窗等處獲得的資

訊非常少。正如同孩子不會再經由父親獲得資訊一般，人們也不再有從家門、同鄉會、同窗會收集情報的必要。因為如洪水而來的資訊的量太多，而且收集和分享資訊的通路完全不同所致。

全世界所有的資訊只要靠一根細細的電話線、甚至看不見的無線裝置，每秒即可傳輸數千、數萬字的量。只要進入「NAVER、EMPAS」等網址的「討論區」提出一個問題，就會有許多連名字都不知道的人暢快地為你解答這些連父親都不知道的問題；利用新聞資訊系統，你可以把全國各地各種傳媒的報導作比較、分析；只要你手指勤快些，過去千方百計設法得知而無法如願的資訊，也會被你輕易地找出來。也不會有人因為幫你找到了重要的資訊而跟你要錢或要你請吃飯，裝設網路纜線或加入網路會員的時候，不會有人問你的學歷、出生地、家庭情況、容貌等；網路、家族、NGO、自律地由個人組織的資訊交換基地等，此類新的網路型態，正如詞彙所述，是真的很「新」。

當然裙帶關係的力量依然存在，但是其效用已大不如前；沒有名校畢業的同窗或有力親戚的人，只要努力也能獲得重要的情報。想買張韓、日足球比賽門票也不需要動員背景、關係，只要仔細上網找一找，就能買到。換言之，都是需要自己耕耘。

過去以資訊的獨佔為手段，支配大韓民國的裙帶組織的威力就這樣徐徐地、但完全地崩解。

在裙帶關係社會門外哭泣的人們

有一次我到西海岸的一個小島上去玩，晚飯的時候我在一家餐廳用餐，一名形似該地派出所長的警官推門進來，向年紀大的餐廳老闆說：「大叔，給我一碗辣湯飯當晚餐。」事後我問了一下，才知道警官和餐廳老闆並無真正的親戚關係，只是言語上的叔、姪關係；又過了一會兒，進來了一位漁村幹部，也稱呼警官為「大哥」，當然也只是言語上的稱呼罷了。

所有村裡的人都是叔叔、姪子、嬸嬸、大哥、弟弟。我在那兒待了四天，靜靜地觀察，發現那裡是一個不需要法律的地方，在使用律法以前，自有叔叔和姪子之間解決問題的方法，大小事都盡量在家族會議中解決。家裡的長輩不只是裁判官，也是都市設計者、決定大小事的行政官，更是指示、教導何時、如何除去村裡路邊雜草的監督官，甚至是負責執行屠殺咬了村裡小孩的狗的劊子手。

就算有爭議，家族會議的結果都能決定一切。在這裡，法律和論理都沒有存在的餘地，當地人也以他們那種不需要律法的社會體系自豪，他們特別強調這種美風良俗應該加以延續、發揚光大，當地的氣氛看起來非常安寧，他們雖好，但外地人無論花多久的時間，都無法融入他們之間。雖然我只是舉了一個小島為例子，但是我們國家所有的家門、同鄉會、同窗會都是這個小村子

的縮影。

　　裙帶組織就是如此對外封閉，而內在則是由垂直的位階秩序所支配。在這裡不能有其他意見，也不會有什麼值得提案的內容，如果說要改進其他意見，也不會改變自己的血緣、出生地、出身學校，就算能改變，也不會有一點兒好處。

　　在這個組織中，你只要遵守定妥的律法，所有事情都能成就；亦即，你只要不妨礙既存的權威或不要強出頭，就能保證你萬事亨通，無論你在外頭做了何等壞事，都能獲得接納。只有這個組織會為了因詐欺、賄賂等罪名銀鐺入獄後出獄的組織成員舉行歡迎會。你有看到過哪個因為成員在社會上犯下人神共憤的罪惡而遭除名懲處的同窗會嗎？你竊盜也好、詐欺也罷，只要對象不是內部的成員就可以安然無恙。

　　裙帶組織對於成員而言，就是這麼舒心；而在這舒心的陰影下，我們不知道斧頭的木柄已然腐朽。我們不知道有人在裙帶的門外哭泣，也不知道有人因為無法融入這個組織而焦慮。裙帶社會就是如此殘忍。

　　直到今天，我們還緊抓著這些裙帶關係，平穩安心地生活。因為有這些關係，我們無論多苦，在心裡的某個角落，「可信的靠山」依然存在；只要有這些關係，我們無論犯下了多大的錯，都可以繼續存活下去。這些裙帶關係也就是當有人因為酒後駕車被抓進警察局時，還能夠大聲嗆聲「你知道我是誰嗎？」的原動

力。

同窗會正開店休業中

以前家族裡或我居住的村裡，只要有人考上了漢城大學法律系或通過司法考試，整個村裡一定熱鬧非凡，殺豬宰牛大擺筵席。我們村裡或我們家族中出了這號人物，不僅是光耀門楣的大事，更是整個村裡的慶典。以後我只要跟那位「秀才」維持密切的關係，所有事情都能夠順利解決。

過去以親戚與故鄉為首的這種關係，到了社會上，延伸為高中同窗會、大學同窗會、同鄉會、軍隊同梯聚會等，如果你不參加這些聚會，等於是收到了社會的死亡宣告。藉由出現在這些聚會中，並且與成員交遊，才能獲得起碼的認同，我們就好像因為得加入各種保險一樣，頻頻出現在各種聚會上。

然而現在這些現象都正在崩解之中，世界已然改變。

未來我們的社會上，如果還有那些相信「裙帶關係」的存續能發揮力量的「純真的大人」，我想勸他們在大學開學初期到校園來看看，至少同鄉會、高中同窗會、同梯聚會等組織已然消失無形。

從很久以前起，每個高中同窗會在招收會員時，總是得推陳出新各種手法，「和某女高同窗會合併舉辦同窗會」的撒嬌型噱頭已經是過時的方式，「不參加者不得好死」等脅迫也已成為無法

想像的傳奇故事。無論用盡任何方法，高中同窗會因爲加入者太少，已呈現「開店休業」的情況，過去生命週期長遠的高中同窗會正在崩解，而戰友會、軍隊同梯等聚會通知，早就在公布欄上消失無形。

現在正開始敗部復活戰

以前出身明星高中，並從所謂「一流大學」畢業的話，日後成功的可能性確實較大。好的工作正在等你，結婚對象當然也很理想，就算家境窮困又如何？只要能抓住好的學校、好的關係，其餘的都會變爲所謂「自動」，對於那些人來說，這個世界真是舒服、關係、學歷互相結合之後，無止境地擴大生產，當然，目前還有一定的部分是如此。

電影《家門的榮耀》中，男主角是司法考試合格者第一名的事實，具有相當大的教訓；住在鄉下的女主角父親，身穿傳統韓服，在涼亭裡一邊下著圍棋，一邊暢述家門來歷的場面，則正是反映我們過去社會觀念的極致。電影《家門的榮耀》，正是讓大家了解我們社會中，血緣與IQ結合有多重要的諷刺劇。

可是現在即便從前途遠大、關係強韌的一流大學畢業，也不能保證一定能順利就業；而即便你進入一家好的公司工作、即便你升至高階，也不能保證你永遠幸福。在IMF（International Monetary Fund，國際貨幣基金組織）控管時代，我們看到太多

原本頭角崢嶸的社會菁英，在一夕間失去所有。

我並不是想說舊時代的裙帶關係罪無可赦，應該完全斬斷，而只是想說僅憑過去的裙帶關係已經無法適應即將到來的時代。

裙帶組織曾在我們的社會發揮過一定的功能，它讓我們從生活艱難的桎梏中掙脫出來，為了我們的父母、下一代能豐衣足食，我們努力工作，而拜這種為了血緣關係的犧牲所賜，我們才能從飢餓的狀態之中解脫出來。雖然那是一個封閉的構造，但在那個對外封閉的籬笆裡，我們互相幫助、存活。為了不使家庭蒙羞，我們凡事謹慎；而因著想要衣錦還鄉的理想，我們才能度過一次又一次的難關，這也就是裙帶關係的社會美德。

但是裙帶關係社會存在著致命的問題，那就是將不屬於自身學緣、地緣、血緣關係的人露骨而徹底地排擠。封閉的組織不會變化，垂直的組織只存在「屬於他們的論理」，合理的意見不會被容納，此類組織得勢的裙帶社會不可能有「敗部復活戰」，血緣不可能改變，出身學校不可能改變，一旦被排除在外，就意味著完蛋。

可是現在不同了，隨著如何與新的網路（network）相遇，「敗部復活戰」也會跟著開始，為此，絕對要先斬斷過去找一個靠山，從而得到好處的想法。新的網絡和NQ是與沒有靠山的人同一邊的，與那些過去裙帶社會中靠別人獲得好處的人不同邊，而與從來沒有獲得好處的人站在同一邊。

對於新的網路而言，沒有守門員

2002年一年當中，對大韓民國影響深遠的「紅魔鬼」、「燭火示威」、「總統選舉」等，都是由新的網路所創造。我並不是想以他們的行動為例，作政治上的解釋，我只是想介紹他們在線上籌畫，在離線時完成事情的「新型網路」，他們的新型網路產生足以讓世界震驚的事件，而對我們，也盡情地呈現他們的風貌。

新型網路快速而有力，正如他們結合的速度很快，分離也在瞬間，無論是如何強大的網路，交辦的事情結束後，都乾淨地回到各自原來的崗位。如果需要，無論何時都能再次聚集，因此，絕不會有因為加入一個新的網路，好像從此有了靠山，可以高枕無憂的事情發生。乾脆在加入前，就應該要有不依靠關係的心理準備，從此刻起，地球上再也沒有可以永遠依靠的網路。

也許有時你會覺得，比起過去抓到了一個好的關係，可以舒舒服服過一生的時代來說，面對即將到來的新時代，將更為吃力而辛苦。這是個如果你自己不行動，你將無法確保任何人際網路的時代，也許會有人反問我，新的網路到底有什麼好處，值得如此興奮而大聲推薦。

如前所述，在新的網路中沒有障礙，也沒有拿著刀劍的守門員，任何人想要進來，都可以進來，想活動就活動，絕不會有人因為自己沒有顯赫的經歷而被拒絕或被排擠。

　　我們正身處於從裙帶社會往網路社會前進的轉換點上，從老舊裙帶社會手上接棒的人們正氣喘吁吁。現在你是新網路的中心，如何創造自己的網路，僅繫於你的NQ──共存指數而已。

停頓一下！

這本書所說的「網路（network）」為何？

所謂「網路」係具「網」意味的詞彙，原來的意義為「在電視或收音機中送出節目的聯播線路所構成全國性的播放組織與聯播網。」其後隨電腦普及，將數台電腦連結成的網，即「電腦網路」簡稱為網路。

此種廣電用語或電腦用語為社會科學界所接受，用以形容新呈現的特定人際關係，因此網路、網路組織的概念於焉誕生。社會科學中所說的「網路」與過去階層的組織不同，具有下列四項特性：1）組織與組織之間或組織內部的成員之間，地位都是平等的；2）結合的條件較為軟性；3）成員之間的關係薄弱或具流動性；4）訊息與資源更能自由交換。

可是最近這種network的用語，似乎被誤會成「人際關係」，這是不正確的，舉例而言，在好的家庭成長，有很多勢強的親戚，我們會說他「network很好」，這分明是錯誤的用法。因為血緣關係是一種垂直的階層組織，加入與退出並不自由，所以不是軟性的結合，再加上血緣無法開放給他人，因此極其封閉，無法視為

是network組織，是以所謂「血緣network」並不存在，而且成員之間的地位並不平等，因此如同同窗會、軍隊、幫派一般，不得包含於network的類型中。

許多傳授人脈管理或處世技巧的書中，將「人脈」直接稱爲network，這也是不對的，如果一個人有很多可以幫忙他的親戚或學校前輩，我們當然可以說他的人脈很強，但是此種人脈並不是具有眞正意義的network，因爲這不但是階層的關係，而且是一種施與受的結合，對外並不開放，故不能稱爲network。

這本書所說的「NQ」爲何？

因此我在這本書裡所說的NQ（Network Quotient：共存指數）係在新的網路社會中，爲了我們彼此都能活得更好，所必須具備的共存能力，因此NQ的概念應與「抓好背景和關係，就能成功」的處世技巧嚴格區分。

我認爲我們國家正從「裙帶社會」急速轉變爲「網路社會」，不！應該說我主張轉變的速度還要再加快。只有我們社會的組織原理從「關係類型」轉換爲「network型」，我們才能打破自古以來「關係與背景萬能主義」、「IQ至上主義」的迷思，而過去許多無緣無故遭受損害的韓國人，也才能盡情發揮自己的能力。

但並不是說我們未來的網路社會盡皆美好；如前所述，網路社會具有比從前的血緣或階層組織開放、加入與退出相當自由、成

員之間的關係相當平等等優點，但因為比血緣關係的基礎薄弱，
所以自己必須妥適加以維繫，它不像血緣關係或前後輩關係一
樣，十年不見仍可以立刻恢復以往情誼，network關係不同，你
如果放置不管，就會漸次消失。

　因此我們應該熟知製造、維持、強化、變化network的方法，
這就是NQ，與我們每個人成長的環境、過程沒有太大的關係，
只在乎於每個人如何去耕耘而已，我也堅信，隨著我們每個人的
NQ不斷提升，我們的社會、個人也會更加緊密地共存、共生。

IQ啊！你做了什麼？

孟母是江南歐巴桑的始祖

　　這樣說不知道會不會失禮，但孟母以現代語言來說的話，確實是江南歐巴桑的始祖。她剛開始住在公墓旁邊，看到自己的孩子——孟子整天只學人家痛哭的聲音，於是她下定決心搬家；再次搬家的地點是市場的旁邊，看到孟子探頭探腦徘徊市場、玩著買賣的遊戲時，孟母大為驚慌，不得不下定決心再次搬家；最後搬到了書堂的旁邊，幸好孟子也自然而然地對學習產生興趣，結果最後在學問上開啟了一家之言。

　　這種稱為「孟母三遷之教」的教育熱潮，流傳至今日，我們江南的歐巴桑們一點也不落人後。我對於孟母為孩子尋找良好學習環境的熱忱給予高度評價，在以前那個環境，加上丈夫早逝，搬家何止是一件困難的事情？若非那種一定要將唯一的孩子好好教育的至誠之心，是不可能做到的。結果孟子後來成為萬民仰望的聖人，我想他母親打包行李時的失望和怨恨，後來也得到了報償。

　　我認為孟子的母親非常偉大，更覺得她是一位優秀的系統改革家，為了讓孩子更有效率地學習，從更換現在錯誤的系統開始著

手，藉以創造出最好的環境，若無徹底的研究和果敢的決定，就不可能產生像孟母一般改革子女教育系統的決心。因而所謂「孟母三遷之教」，時至今日，不也成爲我國子女教育的「金科玉律」？

在那個沒有錢、沒有背景的人想要出頭天，唯一的手段只能靠讀書的時代裡，只有學習孟母才能讓子女成功。而在那個商人、葬儀社被視爲下層職業的時代，孟母反覆搬家，最後搬到書堂旁邊的選擇，毋寧說是最爲賢明的判斷。

所以漢城的孟母們現在也往江南集中，也許有人會想：只要有錢，不都能去江南嗎？這就錯了！錢雖然是必需的，但如果孩子們對於學習和成功不具有熱忱，是不可能做到的。從家計簿中撙節開支，藉以從中擠出補習費的，不正是韓國的母親們？事實上，有很多貧困的「韓國孟母」在江南賃屋而住，爲昂貴的物價和補習費所苦的情況所在多有，最重要的原因，就在她們仍相信孟母「住在書堂旁邊，孩子們就會學著讀書」的信念所致。

誰對韓國的孟母們丟石頭

到今天爲止，韓國的母親們仍狂熱地模仿孟母，即便如此，她們也並不是希望自己的兒女成爲像孟子一樣爲人所尊敬的聖賢，而是希望孩子們像孟子一樣努力學習，日後成爲醫生、法官、有權勢的人，賺大錢、掌握權勢，舒舒服服地過日子。所以她們盡

全力投入教育，喔！不是，應該說是在大學聯考時拚個你死我
活，結果呢？今天韓國的大學即使有這些孟母的後援，但沒有一
所大學進入世界排名前一百，為什麼變成這樣呢？因為韓國的孟
母們追求的不是真正的「教育」、不是扎實的知識或教養，而是
希望兒女們能夠進入名校的光環，亦即裙帶的社會所致。

　　為了抓住光環，搬家、補習……所有的方法都試過之後，如果
還不行的話，那就送出國留學。我們不能說這些父母不好，因為
想在現在的裙帶社會，以IQ為中心的社會生存的話，不得不作如
此的選擇。父母能夠為孩子做些什麼呢？要比現在過得更好，
不！要想維持像現在一樣的生活水準的話，除了提高孩子的IQ、
學校成績以外，別無他法。因此，不管家裡再如何狹小、房租再
怎麼昂貴、再怎麼不敢出門旅行、不敢好好在外面吃一頓飯，也
必須住到江南去。誰能對這些人丟石頭呢？

　　英國的社會學家R.道爾將韓國和日本的大學聯考制度稱為「社
會的重生」（social rebirth），意謂和從出生起，所有人的階級都
已定好的英國不同，肉體的生命雖然來自父母，但社會的生命被
十九歲時的一場大學聯考所賦予。

　　可是現在不同了，「孟母三遷之教」再也不是我們應該學習的
子女教育模式，社會正以迅雷不及掩耳的速度變化之中，昨天還
相信的真理，今天早上一睜開眼睛，可能已經被丟進垃圾桶裡。
我們現在也已熟知只憑藉學習成績好、IQ高，並不能保證能進入

成功和幸福的軌道。

以NQ當作二十一世紀的孟母

在孟子的時代，勤讀詩書，期能成為大學者、進入官僚體系是達到成功的唯一途徑，因此對於孟母而言，別無其他選擇。在「學習成績好」是成功前提條件的時代，孟母無法將兒子培養為葬儀師或商人的意志，於今思之，應屬理所當然之事，而且她的決定也是明智之舉，更何況孟子沒有錢、沒有背景、甚至沒有父親。

但是如果孟母存活於現在——二十一世紀的漢城的話，是否還會作同樣的選擇？我敢斷定絕對不會，我認為她反而會培養孟子在公墓也好、在市場也罷，真正屬於孟子對任何空間、秩序的適應力。孟子後來並非成為只知讀書的「白面書生」，而是成為萬民景仰的聖賢，正是由於他在墓地或市場裡，直接接觸過他所見到的人的生活，並從中累積經驗所致。

社會正以極快的速度變化之中，每天都處於多元化的進程，大量的職業消失又重新出現，其速度非1960～70年代煙囪清潔員消失的速度可比。電腦網路普及不到幾年，家庭購物的銷售額已然超越百貨公司的業績，而百貨公司打垮傳統市場不過就是幾年前的事情。曾有報導預測，十年後，目前職業的50%以上都將會消失，現在已經不是全國國民為了一個目標共同奮鬥的時代，因此，十年前最受歡迎的職業，現在已不見得是志願的對象。有人

因為學習成績好而成功，也有人因為農業或打高爾夫球而成功。因此，現代的孟母應該徹底認清，自己的兒子究竟是適合葬儀師的工作，還是適合做一個從商的生意人。

現在讓自己的孩子接受真正教育的時代已然來臨，那就是幫助自己的孩子能成為跟別人友好相處的孩子，也就是培養共存指數──NQ，二十一世紀的孟母正是能提高孩子NQ的父母。

現在已經沒有什麼事情是僅憑一個人的知識、IQ就可達成的，原因在於社會正在複雜化的進程之中，社會與組織所要求知識的量大幅增加所致。這是一個相互依存的時代，國家、個人、企業盡皆如是，不合作的話，就無法生存下去。

僅憑一己的知識，無法做到任何事情

根據美國霍布斯大學認知學系的哈渥德・卡特教授與同校研究所的奇珊德米海・克萊爾門特教授、史丹佛大學教育學系的威廉・戴曼教授等三人共同研究的計畫「偉大職場人的條件」結果顯示，今日美國成功人士的祕訣並非「聰明的頭腦」。他們直接訪問、調查與遺傳學界、音樂界、輿論界、教育界、電影界等十二個領域有關的專家，以結論而言，至少在美國，達到成功所需的不僅是業務處理能力，社會的、道德的責任感也要很強，如此，生命才能更為圓滿，也更可能得到社會上的尊敬。

他們的報告書（*Good Work*）中，一位有名的雜誌社記者對於

自己成功的祕訣下了如此的定義：「我全然沒有想要成為知名人士，我只關心市民的人格和個性，凡事先想到別人的感受如何，並培養我的好奇心和耐心，這些似乎就是我成功的主要原因。」

現在是一個只要一張CD，就可以容納數百名學者一生累積知識的時代，只要連上網路，就可以毫無止境地找出當時所需的知識，只要手指柔軟地動一動，中學生也能比該領域的博士更快地獲得最新的知識。無論頭腦多好，無論從多好的大學畢業，現在再也沒有自己一個人能夠擁有獨當一面的知識。試著進入網路的搜尋引擎或電子圖書館吧！你只要鍵入「孟子」兩個字，孟子生平所累積的學問、現在為止關於孟子的研究中，韓國學者寫出的所有論文都會在你眼前呈現。

從IQ往NQ前進

我們從光復到現在，一直相信只要頭腦聰明，就能獲致成功，所以盡所有的力量提高IQ，而提高IQ的競爭從幼稚園開始進行，不！應該說是從生下來開始。

去書店的兒童圖書專區看看，幾乎全部都是提高IQ的書，從生活費中撥款訂購幾本學習教材，自然也全是為了提高自己孩子的IQ。不只如此，從剛出生嬰兒的玩具開始，到奶瓶為止，全部標榜可提升孩子的IQ，所以我們都成為了腦筋動得很快的人。

但是我們成功了嗎？我們幸福嗎？

　　IQ高的人並不意味著一定會成功，而且我認為IQ高和幸福與否沒有直接關係，反而我見到很多IQ高的人時常會批評對方，埋怨自我，感嘆人生。

　　我在書中看到歷史上的領導者，或者是我見過的成功人士，我發覺他們絕非僅憑頭腦聰明，就能開拓自己的領域，我認為他們成功的祕訣正是在於NQ。

NQ是一起存活的能力

　　IQ是測量智能的指數，NQ卻是測量你是否能圓滿地營運你和別人關係的指數。另外，IQ和EQ是只有自己才能使用的工具，NQ卻是你和別人之間溝通的方法，由此看來，NQ是共存的能力，也是衡量自己是否有資格存活下去的準繩。

　　NQ的另外一個名字是「幸福指數」，正如同不可能有獨自一人的溝通一般，只有自己一個人的幸福也是不可能存在的，因此「NQ高的人」不但能獲得別人對自我價值的肯定，自己也能感覺到自身的價值所在。對於周遭的人誠懇以待、照顧他人，更進一步地來說，對自己所處社會產生歸屬感，正是本身感到幸福的人。

　　想想看，其實這種人成功也是理所當然的。我到目前為止，看過很多IQ高的人在人生當中失敗，但卻沒看過什麼NQ高的人無法在自己的領域中獲得成功；我也看過很多IQ高的人在不幸的沼

澤中浮沉，但卻沒看過哪些NQ高的人無法過得幸福。

NQ是測量心胸的秤

以商品為例吧！如果IQ是品質，那麼NQ就是價值。我們常常聽到：「我們公司產品的品質比起名牌商品毫不遜色，但搞不清楚為什麼消費者只挑名牌。」的話，仔細思考一下，其實說這話的人也許不太清楚某些事情；最近還有品質相當差的褲子嗎？還有畫面不穩，透著雜音的電視嗎？不管品質再如何優異，只要消費者排斥，那就一樣也賣不出去。消費者想從商品獲得的正是價值滿足，無論是多麼簡單的東西，只要用的人感覺到它的價值，就會經常使用、長久使用。相同的，當我們看到一個聰明的人時，我們雖然會說：「哇！他真的很棒！」但是我們不會常常想和他見面。如果說IQ是測量人類頭腦的準繩的話，那麼NQ就是測量人類心胸的秤。

或許有人會這樣問，我一個人聰明地過生活，不是一定會成功嗎？所謂NQ不是如同以卵擊石嗎？不是這樣的，就如同不景氣的時候，名牌商品還是締造亮眼的銷售額一般，只有NQ高的人、企業、國家的價值會長久發光。

國家、社會、企業、學校、家庭等，雖然各自的大小不同，但卻是由所有人的網（network）構成，人們經由這個網路分享生存所必須的資訊，互相給予並得到幫助，也獲致爭取成功的機

會，克服自己眼前的危機，也唯有經由這個網路才有可能實現，妥適整頓這個網路的能力正是NQ。

從此刻起，再也不要畏懼於IQ的高低。懷抱夢想的人啊！現在正是提高NQ的時候。

EQ又是什麼？

幾年前，所謂EQ（情緒指數）的概念開始登場，對於IQ已經感到疲倦、情緒不穩的人開始對EQ懷抱希望，但是與期待相違，EQ也不過爾爾。「在智能的範圍裡，存在有感性的領域，如果不提升感性能力的話，IQ將沒有太大用處」是EQ的主要理論，但是EQ的風潮一吹起，一些「因為『我和我孩子』的EQ比別人低，如果受到輕視，又該怎麼辦？」的人又心生畏懼，現在我們來檢視一下發明EQ理論的陶莉斯·梅汀的主張：

> 感性與智能、感性與理性彼此緊密地結合在一起，我們如何能高度發揮自身所持有的精神潛力，「感性」將起著決定性的影響力。為了考好大學聯考，除了盡可能提高IQ外，高度的持久力和樂天的態度也相當重要。

結果EQ和IQ一樣，都是只要自己好就行了。

當然在EQ中，也存在「社會的關係」等重要的關鍵字，但是

「關係」、「對方」等關鍵字只是爲了讓自己成功的手段，這也是EQ理論最大的弱點，而只要EQ是對付別人和外在世界的戰略手段，我就不能不用懷疑的眼光視之。

如果EQ眞的是想要提升人們的感性的話，不是應該要能和我們自古以來喜悅和人分享就能加倍、哀傷和人分享就能減半的智慧相通嗎？但是我還沒能在EQ中發現能一起分享的感性。

曾有一段時間，當EQ流行的時候，一般社會大衆紛紛聆聽莫札特的音樂，認爲這樣就可以提升自己的IEQ，問題是EQ不是可以補習補來的，怎麼可能聽了幾次特定的音樂後，人類的感性就可以豐富起來，如果眞的是這樣的話，那該有多好？但是人類的感性並非經由幾次特別的刺激就可以培養的，而是由自己對這個世界的關心開始萌芽，由自己和別人反覆感情的交流才有以成長。

我當然不認爲IQ和EQ百分之百不好，只是懷疑僅提高IQ和EQ指數，我們是否就能變得比較幸福？我們應該仔細想想，「我的IQ、EQ指數一定要最高」的固定觀念，是否就是讓我們變得不幸的主要原因？

從現在開始，當遇到不了解我們的人時，嘴裡就別再嘀咕了；我們應該反省，當別人不了解我時，我是否曾在心裡暗罵他IQ低？在別人不懂我的心的時候，是否曾埋怨他EQ不夠？從此刻起，別再袖手旁觀了，讓我們先以他人的處境去理解，讓我們好好發揮NQ精神吧！

從搖籃到墳墓，唯有NQ

　　第二次世界大戰結束後，英國勞動黨推出的口號是「從搖籃到墳墓」，這種從出生到死亡，國家完全保障國民最起碼生活的內容，獲得當時相當多英國人的支持，戰爭進行中，大部分的英國人都為著是否能生存下去而忐忑不安時，再也沒有比「從搖籃到墳墓」這個口號更令人高興的了。

　　韓國歷經比韓戰時期更艱苦的「IMF危機」，不得不迎接「不景氣」這個不受歡迎的客人，不受歡迎的客人大體上都不準備離開，不景氣也正繼續騷擾著我們；青年失業、整頓解雇、結構重整等現實已經掐著我們的脖子許久，現在也出現了比喻四十五歲就該退休、到五十六歲還佔著位子的就是小偷的所謂「沙悟淨」、「五六島」等流行語。一般人都有：「別提『從搖籃到墳墓』了，只要能保住飯碗、撐到退休，就是一件值得慶幸的事。」的心情。

　　永遠保障飯碗的職場紛紛消失無蹤，過去曾信賴的同窗、飛黃騰達的學校學長、故鄉前輩都無法給予任何協助，跟同窗聯絡、拜訪大學學長、學弟，遍尋各種關係，但因為空前的IMF危機，全然沒有任何作用。面臨公司全面倒閉的局面，裙帶、關係又有何用？外國企業與銀行讓全國國民耳熟能詳的所謂「全球標準

化」、「債務比率」等名詞，用一句話形容，就是「震驚」。關係
抓好就可以安心過活的「生存法則」開始瓦解，從那一刻起，我
們才開始了解到，世界上沒有一個能夠相信的地方，那時候流行
一句話：「這世上沒有一個傢伙可以相信。」過去我們強烈秉持
相信裙帶關係的信念，不知從何時起，過去信賴的家族和同窗已
然「背信」，真是變成了沒有一個「可以相信的傢伙」。

　　沒有可以信任的地方，當然對於未來也會變得不安，現在的生
命如同被追趕一般，無時無刻不在掙扎，雖然厭倦這樣的自我，
但毫無其他方法，只好唉聲嘆氣過活。想成功、想找其他能有滿
足感的工作卻都不容易，常常抱怨說，只能活一次的人生絕對不
能這樣虛度，因此對於我們而言，常常會有如果真有「從搖籃到
墳墓」保障基本生活的政策該有多好的想法出現。

　　可是人們瘋狂地追求各自「從搖籃到墳墓」的目標，也許是因
為社會什麼都不予保障的不安心理影響，到處充斥著「我得先活
得好」的利己心，充斥「我」先得賺很多錢、「我」的孩子要進
好大學、「我」要住好的房子、「我」要開好車的想法。

　　平心靜氣而言，「從搖籃到墳墓」，不會再有任何東西可以照
顧我，如果沒有我，我的家人、孩子誰來照顧？我們除了知道
「明天早上起床以後又會有新的變化」這件事實以外，沒有可以
預測的事情，身處這種時代，很容易產生好好守住自己的東西，
才能存活的想法。

　　但事實並非如此，而且是恰恰相反，越是國家或公司不予保障任何東西的時代，我們自己越應該準備一些強力的保護裝置，如果你只相信自己的頭腦或古老的裙帶關係，那麼你終究會發現那是一種誤判。看看那些相信血緣、地緣、學緣，以及自己頭腦的人的窮途末路吧！每當執政權交替的時候，這些人常常就是被關進監獄的人，還有那些喜歡投機，卻反被投機所困的人都不會有好下場。

　　存款或保險都不能保障我們的生命，沒有錢雖然不行，但這個世界上沒有辦法用錢解決的事情實在數不勝數。

　　不久前，我輾轉聽到S的消息，他十五年前移民到美國，事業做得相當成功。有一天，他突然接到母親過世的消息，雖然希望立刻回國，但因為剛好護照的有效期限過期的緣故，直到新護照發下來之前，他無法馬上回到韓國。雖然試圖打電話給朋友，請他們探聽殯儀館、幫著處理葬禮，但他發現沒有可以聯絡到的朋友，因為他幾乎沒有朋友們的聯絡電話，即便有，也是幾個已經更換或停止使用的號碼。等拿到新護照，回到韓國的時候，母親已經去世四天了。這不禁讓我思考，即使我們賺了再多的錢，當母親過世的時候，卻沒有一個代替自己到殯儀館處理喪事的朋友，這樣的人生算是成功的嗎？但這位朋友的人際關係絕不狹窄，每次回到韓國的時候，因為事業太過繁忙，總抽不出時間見朋友。母親過世時，找不到一個可以代替自己的朋友，難道不是

因爲每次有需要幫忙的事情才跟人見面、而且只見那些對事業有幫助的人所致？

我的小學同學M，雖然錢賺得不多，也不在高位上，更沒有什麼值得炫耀的事情，但也沒有什麼好慚愧的，他就是這麼平凡的人，但他的周圍經常有很多朋友，跟他見面非常舒服，因爲他始終以眞心對待別人。從他那兒得到祝福眞的很高興，從他那兒得到安慰也眞的很貼心，他周遭的朋友們，無論是誰，都非常喜歡他，我也非常喜歡他。我們村裡誰家有人過世，第一個跑去的一定是M，而且如果他沒事，一定會一起守著殯所。可是若有喜事，倒不常看到他的身影，他總是「詭辯」說：「沒有我，去的人也很多，我就不去了。」

最近我才知道他每個主日到聖堂去，我揶揄他：「長得像小偷一樣，去什麼聖堂啊？」他笑而不答，只說：「上個禮拜我爲你過世的母親禱告。」有他在旁邊，常常會被感染到溫暖的心。

並不是因爲我喜歡M，所以我才說這樣的話，我覺得M才是眞正的有錢人。雖然他沒有很多的財產，但他有很多一生一世的朋友，他常爲別人費神、禱告，因此雖然無法預知在他生前會不會獲得回報，但可確定的是，如果他得不到，他的兒子們一定會得到。我雖然不知道他從搖籃開始是否就有朋友，但我確定他進墳墓之前，一定會有很多在一起的朋友。

當自己有困難的時候，能夠向你伸出援手的朋友，就好像是保

險一樣，而想結交那樣的朋友，就必須交保費，我並不是說錢，而是絕對要竭誠以待朋友。如果你按時繳納保費，總有一天在你需要的時候，會有出乎意料之外的回報，NQ正是朋友、也是保險。

S從明星高中、名牌大學畢業，當然IQ非常高，可使用的關係也很多，如果他善於處事，那些關係將會對他有所幫助。可是他只認為自己萬能，沒有加入保險，他也相信自己的IQ，認為只要他夠聰明，所有事情都能順利解決，可是結果是殘酷的。

某一個上班族遭遇到麻煩事，我不能說出他的名字，因為在業界幾乎大家都認識他。他在公司遭到冤枉，於是就立刻去找他所屬的團體，他不斷主張自己的正當性，並拜託該團體至少出具一張公文，藉以證明自己的清白。但是該團體斷然拒絕，並作如下答覆：「你平常不出席聚會，也未曾繳交會費，你並不是我們的會員，更何況當我們遇到困難，要求你共同面對時，被你拒絕，現在我們沒有任何理由幫助你。」據我所知，他是一位非常聰明的人，從明星高中、名牌大學畢業，曾經飛黃騰達，但是在決定性的一瞬間，他的NQ面臨末路。在飛黃騰達的時候，IQ是必須的，但NQ卻能在你困難的時候發揮效果。在遭遇到真正的麻煩事以前，他不過遇到幾次小困難，但最後就立刻兵敗如山倒。我們可以說，NQ是保險，你想領保險金，先得繳保險費。

NQ保險大部分是自己獲得好處，但也有很多情況是家人得到

好處，有時候，甚至自己的妻兒都能依靠保險金生活。

漢城Y大學的H教授只要一出現在學會或學術會議會場，就有很多著名的元老教授或企業界人士排隊跟他寒暄、握手，不是他發明了新的學說，也不是他榮登諾貝爾獎候選人，理由很簡單，他的父親對很多人曾施予恩惠，所以H教授的研究費和人力通常都不虞匱乏。

如果父母的NQ很高，則子女也會因此得到好處。

「從搖籃到墳墓」，無暇回顧身後，只一味向前奔跑，是不能解決問題的，只顧好自己的身體，也並不能保障未來。生活艱難、沒有任何東西可以相信的這個時代，可不可以先把自己變成一個別人可以信任的人？因為國家、社會、公司都不會對你有任何特別照顧的計畫。

因此，如果對未來不安，就提高你的NQ吧！在IQ都無法形成保護膜，裙帶關係也已經崩頹的這個時代，唯一可以相信的只有NQ而已。

以NQ突破

給摯愛的學生K君

K君：

收到你的E-mail很高興。回信略晚，請原諒！希望你以後不要只在信件主旨上寫著「您好！」我差點以爲這是垃圾郵件，而把它刪掉。

閱讀你上次寄來的信，好像你最近過得很辛苦，你說在好不容易擠進去的公司裡，衝突的事情不只一、兩件，你以爲就業成功就至少能鬆一口氣，但看到你寫的「越過山以後，仍然是山」的句子，我也不禁嘆了一口氣。你能怎麼辦？領了公司的錢⋯⋯，沒有那種給你錢，還能讓你玩樂的公司，如果有領了薪水還能玩樂的公司，那不叫工作，那叫做小偷的行爲。

加班、聚餐、應酬，這些身體無法負荷的事情只是其次，聽到你說「與同事和上司維持關係最困難」這句話，我有些難以置信。你在學校的時候素以對學長、學弟最爲照顧、朋友最多而有名，聽你這樣的人也說出人際關係複雜的話，我終於相信「十個上班族裡有九個人對人際關係相當苦悶」並不是誇張之言。

只有公司是這樣嗎？最近連學校也漸漸令人茫然。學生們重視

自己專攻的程度，反而不如外語考試和電腦，這已經不是新鮮事，也不需要我再贅言。

幾天前，和學生們討論期末考試日期，卻發生令我相當驚訝的事。希望早點兒考試的學生和希望晚點兒考試的學生互相槓上，甚而大聲爭吵，我瞬間啞然失言，他們明明是同一個系的前後輩，也是朋友啊！

我繼續靜靜地看著他們，一直到似乎要發生更大的爭吵時，才制止他們，主張應該星期二考試的「星期二派」和主張應該星期四考試的「星期四派」只忙於說明自己的理由，幸好可以選擇的日期只有兩天，若是任由他們隨便決定日期，恐怕會更混亂，因為沒有一個人會體諒別人的心情。學生們為了與自己利益相關的事情都可以鬧成這樣，社會上的人際關係又怎麼會容易對付？或許我們現在需要的並不是對困難現實的浩嘆，而是如何解決複雜情況的智慧也未可知。

你把公司成員的各方面都讓我知道，雖然不容易相處，但看到你無論何時，總是先說出他人優點的個性，令我為之寬心不少。大家都很優秀吧？每一個人不分你、我都很聰明，因此只要稍微不注意，都有可能落後，你也因此感覺相當不安。你說，沒有一個學校比你差的人、為什麼每個人都可以那麼流暢地使用外語，你覺得自己太慚愧了，甚至覺得自己很差勁……。但是我要告訴你，不是只有你有這樣的想法，他們看到你可能也會有同樣的心

情的，所以你不需要頹喪，反而應該慶幸自己能跟他們共事，可以學習到更多的東西。

雖然沒有特別不合，但爲什麼總是跟同事們無法親近、心裡總是覺得不太自然？這是當然的，因爲他們不是你穿一條褲子長大的朋友，當然不會對你有太多好感，再加上你們是競爭的對手吧！所以就如同在學校一樣，你先伸出手來，怎麼樣？先製造話題、先幫助別人，交朋友是沒有免費的。

當然我也知道，一種米養百樣人；從一流大學畢業但心胸狹窄的人、言談中隱約誇耀自己和老闆有特別關係的人、英語說得好但連說國語時也帶著洋腔怪調的人、卑鄙的人、專挑弱者欺負的人……我都知道，任何社會都是如此。但是不需爲此傷神，更不需爭吵，仔細想一想，其實他們才是可憐的人，受到多大的刺激，才會變成今天這個樣子？他們都是心理曾經受傷的人，你反而應該包容他們、安撫他們。

你跟同事一起吃午餐的時候，常常付飯錢嗎？該不會要付錢的時候，藉口綁鞋帶而推給別人吧？如果是，以後不要這樣了！你付了一百次五千元，也不過就是五十萬元，去有小姐作陪的酒店喝酒，如果上當的話，結帳的時候可能是這個金額的好幾倍。不要吝惜幾萬元，爽快地用的話，那些錢會數倍地回到你身上。如果別人不付錢也不要討厭他們，那都是有原因的，難道他們眞的希望這樣嗎？

你說有些時候犯了小錯，去公司會被上司修理、讓同事嘲笑，因此偶爾會畏懼上班，我知道你不是誇張的，不要畏懼失敗，率直地承認自己的不足，就算你不承認，上司也都知道。

沒有人是十全十美的，看起來太完美反而覺得惡心，你想想，你會對看來完美的人投入關注，還是會對稍微不足的人投注關心？

對於公司或組織而言，都是讓眾人聚集，互補彼此不足的地方，常常努力幫助別人，率直地承認自己的缺點，你能做到的話，絕對沒有人會棄你而去。

也許你會反駁，世上萬事不是那麼簡單的，你沒有辦法一個人過著像傻瓜一樣的職場生活，可是如果你整天看別人臉色、腦筋動得很快、不關心別人、認為自己好就好了、到處東奔西走的話，你覺得你會成功嗎？就算你會成功，能夠持續很久嗎？

現在的世界變化太多了，血統、親戚都沒有用，從一流大學畢業的事實也不再有效，過去可能可以靠著家裡、同窗會或同鄉會的背景出人頭地，但現在已經沒有所謂成功的捷徑了，都是得靠自己努力。過去或許靠點小聰明就能成功，現在可不行了，一個人沒有辦法獨自過著幸福的生活。當然，如果你願意，你也可以孤獨地沉浸在你自己一個人的世界，那也是活在這世上的一個好辦法。

可是如果你想要成功、想成為領袖，你必須分享、施予，這並不是說你必須捐贈你全部的財產，而是你先分享關懷、分享話

語、分享幫助，如果你能做到的話，我相信現在你那些不滿的心情將會逐漸消失，因此，你絕對不要靠IQ一決勝負，而應該以NQ突破困境。

　　下面是為了讓職場生活能成功，所撰寫的「NQ十八誡命」，希望你能參考，事實上，這是我想告訴學生們的話，有空的時候一個一個蒐集起來的，如果你在工作的時候，想到什麼至理名言，也要告訴我，我會再加以補充。

- **熄滅的火也得再次檢視：**不要嘲笑現在沒有力量的人，因為可能會失算。

- **平時就要對別人好：**平常累積的功德，在身處危機的時候就會顯出效果。

- **你自己的飯錢自己付，別人的飯錢當然也是你付：**基本而言，自己的飯錢應該自己付，不要把別人的付出視為理所當然。

- **感謝的話，大聲說「謝謝」，抱歉的話，大聲說「對不起」：**嘴巴是用來說話的，「心存感謝」不是致意，別人沒有閒工夫去閱讀你的內心世界。

- **幫助別人就幫到底：**不要幫助人家到一半時，就虎頭蛇尾，也不要在中途加入條件，否則只會遭致辱罵。

- **別說別人的壞話：**如果有這種閒工夫的話，乾脆多做幾下伏

地挺身好了。

- **多結交公司同事以外的人**：只跟自己公司的同事交往，會成為井底之蛙，而且如果公司不要你了，你會變成孤兒。

- **不要作不需要的爭辯**：公司不是學校。

- **不要因為是公司的錢，就隨便亂花**：事實上，大家都在看，你紅的時候就算了，但是在決定性的瞬間，那會成為開除你的理由。

- **不要批評別人的計畫**：看看你自己寫的企畫案。

- **可能的話，衣服穿得好一點**：外貌比想像中重要，用在打折店買十套衣服的錢，去買一套好的衣服穿。

- **奠儀多包一些**：失去父母的人，是這個世界上最可憐的人，人悲傷的時候，會變得比較敏感，不要可惜那兩、三萬塊，以後都會回來的。

- **奉獻收入的百分之一以上**：心若寬廣，臉也會跟著綻放笑容。

- **對警衛、打掃的歐巴桑好一點**：他們不但是情報、消息的發源地，也是你父母的另外一種面貌。

- **對老朋友好一點**：不要因為建構新的人際網路而忽視了現在擁有的最高資產，真正辛苦的時候，你會去找誰哭訴呢？

- **發現你自己**：不要因為常常想到別人而失去了自我，一個星期一個小時也好，擁有一段自己一個人安靜思考的時間。

> ● **享受此刻：**現在你活著的這個瞬間，會成為你人生中最美好的回憶，如果你不想以後後悔，那就盡情享受吧！
>
> ● **愛你的妻子（丈夫）：**每天得忍受你，是多麼偉大的人啊！

你快要當爸爸了吧？我雖然認為自己還很年輕，但看到你們即將成為父母、年紀慢慢增長，不由得火冒三丈。我還清楚記得你跟我說：「老師，我要結婚了！」的樣子，時間過得真快，我真擔心你將會如何撫育你的孩子，啊！我的青春現在到哪兒去了？

你們兩個人一起養育的話，孩子一定會沒事的，一定會成為健康、勤勉的好人，或許你會擔心他如果不聰明怎麼辦？別擔心！一定比你聰明的。

話雖如此，未來你將肩負更重的責任了，不要把所有的事情都認為是包袱，當作是你的財產吧！現在你周圍的所有人都是無可替換、一輩子為你加油的成員，所以，平常多對他們好一點兒。今天難得地囉唆了很多，說太多話，覺得有些空虛，而且講課的鐘點費也領不到，常常覺得自己吃虧。

夏日炎熱，望你保重身體，也幫我問候一個月以後真的要變成「歐巴桑」的慶淑，下次見面的時候，你的皮夾裡一定會有一張新的全家福照片，希望孩子長得像慶淑，能娶到像慶淑一樣的媳婦，是你前世修來的福分，只是慶淑太可惜了！不要常常打電話給我，很煩！記住，沒有消息就是好消息。

NQ高的企業
即是面對危機時強韌的企業

A食品公司的危機與企業的NQ

　　A食品公司成立於1961年，1963年生產、銷售韓國最初的速食拉麵，A拉麵的誕生是1960年代初，一件偶然事件引發的開端。

　　現在A食品集團的J會長在一個偶然的機會裡，經過南大門市場，看到人們為了買一碗五元的「剩菜稀飯」而大排長龍，他心想，我國的糧食自主是一個相當緊要的問題。

　　此時，J會長想起從前去日本的時候吃過的拉麵，他判斷，這才是解決糧食問題的唯一方法。

　　他說服了政府，艱難地借了五萬美元，從日本引進兩台機器和技術，1963年終於讓A拉麵誕生，其後，即便其他拉麵業者也投入生產，A食品始終能保有50%以上的市場佔有率，可說穩居業界龍頭的地位。

　　可是就在1989年，曾經叱吒風雲的A食品受到所謂「牛脂風波」影響，累積近三十年的名聲為之動搖，總數達四千多名的員工中，一千多人不得不離開公司，曾佔有拉麵市場65%的市佔率也一路下滑，僅剩6%。

　　牛脂事件發生於1989年11月3日，係使用輸入的牛脂作爲加工原料、並生產食品的Ａ食品及五個相關企業的代表與實際負責人，因爲違反「關於保健法取締的特別措施法」與「食品衛生法」的嫌疑被捕。

　　該事件發生的初期，檢察官發表的「工業用牛脂」用語，被媒體原封不動地報導，Ａ食品的企業信賴度不復存在，更因爲生產、銷售全面中斷，財務遭致壓迫，市場佔有率一路下滑，公司已面臨倒閉的危機。

　　直到1989年11月16日，事件發生十二天後，當時的保健社會部長才宣布「判定拉麵無害」，曾經喧騰一時的輿論才漸次平息，也由於法院的保釋決定，被逮捕者全員獲得釋放。但該事件拖延許久，都不能獲致解決，直到1997年8月，大法院最終宣告判決無罪爲止，總共耗費了將近九個年頭，都在繁瑣的法院攻防戰之中。

　　因爲該事件，Ａ食品遭受極大的損失，不只工廠停工，千餘名員工離開公司，連市面上已經流通、價值100億韓元以上的產品，也都必須全部加以回收、銷毀，損失相當龐大。

　　財產的損失固然很大，對Ｊ會長而言，四十年的歲月中，爲了增進國民健康而努力的公司名譽，在一夕之間蕩然無存，更令他心痛。再加上事件發生前，Ａ拉麵作爲國內拉麵的始祖，不僅獲得國內品質認證，也是獲得世界食品業者認可的輸出商品，但在

一夕之間變成不良食品，幾乎失去大部分的輸出市場，數十年間累積的國際聲望與基礎全然崩頹。

也因為如此，A公司遭遇到市場佔有率降到10%的悲慘命運，結果九年後，A食品獲得無罪判決，重新恢復了失去的名譽。但是，該公司的悲痛遠比獲得無罪判決的喜悅大得多，業界地位最高的企業在一夕之間失去了消費者的信任，不只企業的形象受損，產品在國內外市場信用的喪失，更遭致極大的損害。

「福無雙至，禍不單行」，正因牛脂風波面臨危機的當頭，又遭遇1997年的所謂「外匯危機」，而就在A食品獲得無罪判決的翌年──1998年1月，該公司宣布跳票，包含A食品在內的四個集團企業一致向法院提出「和議申請」（和議：為防止債務人倒閉，由債權人和債務人簽訂的強制性契約），原因在於因牛脂事件導致銷售急速下滑，再加上「IMF託管事態」所致。J會長相當懷憂喪志，過去他一直實踐「企業利潤必須還原社會」，為想繼續讀書卻沒錢讀的窮困孩子設立獎學基金會，在醫療設備極端惡劣的山上建立醫療設施，可是因為一連串的失敗，過去的人生在一夕之間傾頹。

在當時看來，A食品公司起死回生的可能性幾乎是微乎其微，可是令人驚訝的事情發生了，當A食品遭遇第二次危機時，不只公司職員，一般國民之間也掀起一股「拯救A食品」運動，其中尤以A食品工廠三十餘年所在地的釜山K郡居民的幫助，如同在

乾旱中降下甘霖一般。讓我們來看一下當時新聞的報導：

地區新農村婦女會、農會主婦大學總同窗會等六個女性團體，爲了拯救地方鄉土企業——A食品，正積極動員中。位於K邑的拉麵生產工廠——A食品釜山工廠係每年創造400億韓元銷售額的企業，全體職員250名中的80％採用當地居民，對於地區經濟一直助益很大，但該企業在一月底宣布跳票，目前正面臨進行和議申請等危機，地區女性團體決定挺身而出，拯救該公司。

這些團體在市內大型餐廳等地散發數百張「敬請愛用A食品公司生產的拉麵、沙拉油、醬類等」的傳單，接著在各街道上張貼「拯救鄉土企業」的廣告，12日各地區婦女會並共同發起集體購買拉麵、每個家庭購買一箱拉麵、送親戚拉麵當作禮物的活動。A食品相關人士含淚表示：「跳票以後，公司成員含淚發起拯救公司運動，現在地區居民也站出來，眞是萬分感激，若有朝一日公司能恢復正常，一定會報答郡民的恩惠。」

——《釜山日報》1998年3月10日

或許是拜公司職員誓言要拯救公司的熱忱和社會各界支援所賜，法院認可了A食品的和議申請，之後A食品出售與業務上無關的土地和集團企業，並進行結構重整，徹底進行自救的努力，在施行上述的自救政策和研發新產品後，市場佔有率上升至

20％，2002年更締造了將近200億韓元亮眼的營業利益。當然對於銀行的債務也按時償還，1998年和議申請後，曾經達到3600億韓元的債務，到2003年已大幅降至2300億韓元。

2003年有更令人鼓舞的消息，公司方面獲得債權團以特惠的條件進行債務再度調整的認可，此舉也為經營正常化預做準備。這是韓國和議企業史上首例，交易銀行等債權團在債務金額2300億韓元中，出資轉換保證債務400億韓元，擔保債務的利息也降至3％，不只如此，同意J會長等以前的大股東繼續維持經營權。因此，A食品每年高達180億韓元的利息負擔，得以降低至100億韓元，也提早實現了經營正常化的理想。這完全是A食品平時努力經營NQ的結果，在工廠所在地居民的腦海中，深植良好的印象有以致之。在公司牧場所在地的山上建立醫療設施，提供家境清寒的青少年獎學金，他們如果願意，還可以支援他們就業。A公司平時就奉行布施、十一奉獻的原則，加上和議申請判決認可後，股實地償還債權團債務，守住了最基本的信用所致，可見NQ高的企業，即便在困難的環境中也能生存。

J會長只要有空，就會向公司的職員強調：「無論做任何事，正直和信用要擺在最前面，不要急於追求眼前的利益，而應思考、眺望未來。如此，我們拯救回來的企業才能夠交給後代子孫，永續經營。」

我們從這個事例中，得到為使企業的NQ提高，應該實踐下列

五個事項的教訓：

- 凡事不可自滿，認爲一切都沒有問題。
- 危機會突然降臨，平常應做好防範。
- 強化和地區居民的關係。
- 今天播下的種子就是明天的收穫，現在就積極奉獻。
- 信用是最大的投資。

麥可喬丹與耐吉

　　耐吉公司絕對不會忘記1990年夏天突然爆發的一次危機。事件起因是因爲想擁有一雙耐吉公司生產的球鞋，致使黑人孩子之間經常發生暴力事件，這件事後來演變爲社會問題，各界要求耐吉公司負起責任的撻伐聲浪不斷。

　　Communication's Korea的金敬海會長在他所著《克服危機的公司，因爲危機而崩潰的企業》一書中，對於該事件有相當詳細的說明。

　　耐吉公司當時啓用美國NBA「籃球皇帝」麥可喬丹作爲廣告模特兒，並推出以他名字命名的AIR JORDAN球鞋，銷售對象是職業或業餘選手，一雙球鞋定價125美元，而該球鞋是耐吉公司銷售的球鞋中最貴的一種。

　　問題正由此引起，父母無力購買一雙125美元球鞋的低收入戶

孩子們，為了想擁有一雙AIR JORDAN球鞋，犯下偷竊、暴力的罪行，甚至不惜殺人，該事件經廣泛報導，生產該款球鞋的耐吉公司遂成了被批判的對象。

耐吉公司強調，該款球鞋的銷售對象並不是孩子們，而是職業或業餘籃球選手，而且低收入戶黑人居住的區域和他們經常看的報紙，也絕不刊登與耐吉有關的廣告，耐吉公司解釋，若孩子們受到影響，大概是看到籃球比賽實況轉播節目的TV廣告或職業選手穿著該款球鞋所致，可是批評耐吉公司的聲浪並沒有因此而稍減，反而隨時間挪移，批評愈烈。

批判者主要主張如下：

「懷抱著想要成為知名職籃選手夢想的孩子雖然很多，但是他們中間真正能成為知名職業球員的人極少，即便如此，許多黑人孩子認為，只有成為運動明星才是幫助他們脫離不幸現實的唯一道路，抱持著這種想法的孩子們認為只有AIR JORDAN球鞋才能讓自己跟麥可喬丹一樣，成為偉大的運動選手。因此耐吉公司越廣告該款球鞋，這種現實將會越發嚴重。」

該事件發生沒有多久，耐吉公司的比爾奈特會長接到了一通電話，打電話的人是有名的黑人領袖傑西‧傑克森牧師，他打這個電話的目的是他所領導的PUSH（一個為實現公義社會的團體）想與耐吉公司討論耐吉公司過去的投資與交易慣行，並將討論內部的人事管理等問題，而這個電話正是耐吉公司遇到第二個危機

的前奏曲。

　　PUSH表示，美國黑人一年約花費20億美元購買耐吉生產的球鞋，可是耐吉公司高階經營團隊中，卻連一個黑人也沒有；他們也提出耐吉公司一概不與黑人經營的企業交易的問題。

　　不久之後，耐吉公司的PR負責人道蘭、理查·道拿休社長、PUSH的代表——傑克森牧師、克萊德牧師等在芝加哥開會。會中，PUSH的克萊德牧師表示，大多數的美國黑人使用運動用品公司生產的產品，對於該企業應該是幫助很大，但是這些企業對於利潤分配的問題完全不重視，他認為美國黑人有權要求正當的利潤分配。他也指出耐吉公司不在黑人訂閱的媒體中刊登自己生產的產品，因而抗議這是充滿歧視性的錯誤慣行。

　　PUSH的抗議還不僅於此，他不斷提出耐吉公司最高經營團隊中，連一個黑人也不存在、不與黑人PR代理公司或廣告代理公司交易、也不與他們相關的銀行交易的資料，PUSH最後決定發起拒買運動。

　　耐吉公司開始反擊，首先提出報導資料說明最近七個月內，雇用了一千多名新進職員，其中21%是少數民族，未來也計畫將與黑人擁有的銀行擴大交易範圍。過去雖曾試圖與黑人所有的銀行交易，但1986年當時能滿足自己的條件、進而相互交易的黑人銀行並不存在，雖然如此，耐吉公司也承認自己的部分錯誤。

　　耐吉更進一步地承諾，計畫將公司內每個部門少數民族職員的

比率提升至10%、一年內接受少數民族的委員會代表成為總部委員會的成員之一、兩年內任命少數民族出身的人才為集團的副會長，並且答應為少數民族團體編列一千萬元美金預算，作為慈善基金。

另一方面，耐吉公司的PR負責人道蘭確信公司所在地的俄勒岡和曼斐斯的居民對於耐吉有相當好的印象，黑人社會對於耐吉的期待值也可以被滿足，藉以反制PUSH不曾對俄勒岡和曼斐斯的居民做過任何民意調查的事實。

此外，耐吉以此事為契機，著手強化與非裔美國人領袖、相關團體的聯繫網路，並支援美國黑人大學生基金、為黑人大學生策畫多樣的實習制度。

總之，耐吉經由此事件，深刻體認到相當有必要對公司以外的各機關、壓力團體，尤其是少數民族的活動和意見加以關心。因此在公司內部新設了一個以少數民族為對象的市場部門，人事部門的主管位置也由黑人擔任，並設置負責少數民族雇用問題與教育專案的委員會。

PUSH以耐吉為目標的拒買運動雖未曾正式撤回過，但PUSH內部評估已達到發起拒買運動所欲達到的目的，危機遂逐漸平息。

因為拒買運動，耐吉的形象在幾個少數民族團體留下否定的印象，但由於該公司的迅速因應，耐吉並未遭受到實際的銷售損

失。耐吉現在也仍以黑人運動選手作為廣告模特兒，進行活躍的市場經營，但也依舊因為起用黑人運動明星藉以銷售昂貴運動鞋的手法遭致批評。耐吉是一個在全世界都有生產網和銷售網的多國企業，對於少數民族積極的、友好的NQ管理，將會是未來妥適因應可能的潛在危機時的不二法門。

耐吉過去幾乎沒有解決危機情況的準備，道蘭回想這段往事時表示：

> 剛開始發生危機時，我們未能迅速加以因應，從未預想過的狀況發生時，我們不知道要如何著手解決。但是隨著事件的解決，公司具備了度過危機的本能和KNOW HOW，並得到無價的教訓。其中最寶貴的教訓就是一旦危機狀況發生時，已經對公司良好的信譽造成傷害，但不要忘記，可以幫助你的同志經常就在你的身邊。
>
> ——金敬海，《克服危機的公司，因為危機而崩潰的企業》

如同道蘭的話一樣，在遇到危機的時候，已經晚了一步，平常不做好NQ管理是不行的，耐吉之所以能夠相當程度地解決所遭遇的危機，不只是因為比較迅速地處理面臨的危機，更因為平常給予俄勒岡和曼斐斯地區居民非常好的印象，並且給予黑人社會相當高的期待值有以致之。

平時體質良好的企業，遇有危機時也能存活，亦即身為地區社會和國家的成員，應發揮自我的功能；而身為世界公民，具有責任感的企業才能早早在企業形象惡化以前予以阻斷。而有些企業甚至能因為這些事故，創造轉禍為福的契機。但是不能妥善因應的企業，就會喪失在市場上的位置，嚴重的話，甚至會成為公司滅亡的原因。特別是韓國企業察覺潛在危機發生可能性的能力相當低，就確保企業競爭力或擴大投資層面而言，NQ是絕對不可以疏忽的。我們從這個例子可以得到如下的教訓：

- 個別企業的活動也是在社會的網路中形成。
- 平常要與企業所在地的地區社會成員強化關係。
- 舉辦與消費者長期建立友好關係的市場活動。
- 關懷社會的少數分子。
- 儘快承認錯誤、具體履行改正承諾。
- 為實現上述所有教訓，組織的所有成員都必須提高NQ。

一個NQ低的職員將會使整個企業陷入危機

1999年9月，發生一位顧客購買了日本家電T公司生產的VTR，因為產品故障，他以電話要求該公司售後服務，但接到電話的職員卻對他破口大罵的事件。這位顧客打電話到T公司的公關室，說明因為產品的缺陷，導致無法再使用，他要求更換或加

以修理。可是接到這個電話的職員卻說因為顧客收取時不小心才發生故障，怎麼可以要求售後服務，並以接近髒話的程度破口大罵。

　　碰到這種啼笑皆非事件的客人把自己和該職員的通話內容製成聲音檔案，放到自己的網路主頁上，並批判T公司對待顧客的方式。結果每天超過十萬人次造訪該網頁，兩個月內訪客高達八百萬人次，不只日本人，全球各地對T公司處理事情的態度感到憤怒的人，紛紛在該網頁上留言，並批判T公司此種只知追求利潤的作為，最後發起拒買該公司產品的運動。

　　就在T公司認為這只是小事一樁，不值得加以因應的期間，事態變得極為嚴重，而後來才了解到事情變得有多嚴重的T公司，最後派出副社長公開道歉，不但同意對於問題產品予以售後服務，更承諾不再發生類似事件。

　　T公司的全體職員沒有料到他們創業150年、生產總額為500億美元的國際性大企業，在一夕之間形象全毀。網路的擴張帶來了資訊的光速化和全球化，因此關於企業的資訊，尤其是不好的消息會以無法想像的超快速度在全世界擴散。另外消費者的監視活動，此刻經由虛擬網路變為組織化和體制化。經由網路這種資訊工具，讓我們知道企圖掩飾對消費者和投資者不利的消息是多麼愚蠢的一件事，T公司正好提供我們一個最好的例子。

　　這個事件是由一個NQ低的職員所引起，也可以說是因為一個

對於NQ不重視的企業提供了職員如此對待顧客的機會。珍視每一位顧客，正是企業NQ的起點和終點。我們從這個例子，可以再次確認下列原則：

- **顧客平等的原則**：如果要求售後服務的是政府或大企業，他們還會相同對待嗎？不要欺負無力的顧客。
- **迅速性的原則**：如果事態發生，就應該趕快滅火，如果做錯了，就儘快、爽快地道歉。
- **信賴性的原則**：危機發生初期，應由可信任的人出面處理。
- **一條泥鰍的原則**：一千名公司職員做好也沒有用，破壞組織的往往是一些NQ低的職員。
- **打擊鄉愿的原則**：不要誤以為「放著不管，慢慢就會涼掉」，壞消息如果置之不理，將會越來越大。

大韓民國，現在起以NQ一決勝負

我如果去書店，一定小心背後

每次去漢城市內大型書店的時候，我都會小心背後，因為在狹窄的書架之間站著選書的時候，冷不防就會有人從後面或旁邊用手指推我。

有一次，我在書店選書的時候，有一位女性用手推我，我回頭一看，是一位相貌端正、手提名牌皮包的二十多歲女性，她像沒事人一樣，繼續站著讀她的英文原文書，從旁邊看起來，她似乎是個相當洗練、知性的女性，但在我眼裡，她卻像是個幾萬年前的原始人。

起初我經歷這種感覺的時候，與其說是不快，倒不如說是大吃一驚，而且剛開始時，我不能理解究竟這是什麼意思，後來我慢慢了解到她真正的意思後，我感到相當困惑，她的意思正是「喂！你讓開！」。為什麼她不能稍微等待一下，如果真的很急，應該說：「我過一下！」或「可不可以稍微讓一下？」，為什麼這麼吝惜說出我們美麗的語言？「對不起」是人跟人、國家跟國家連結最重要的符號啊！

在公車或地鐵裡也是一樣，明明說一句話就行的事情，卻偏偏

要用手或肩膀推擠。有時真想不透，他們對家人或朋友都非常親切，為什麼跟別人在一起的時候就變得如此冷漠？

可是細細思量，這也是裙帶社會受限的證明之一。如果在書店裡推我的那個女性知道她哥哥和我是朋友，或我說出我是她大學的學長、甚至是同鄉的話，她的臉色一定會立刻轉變，她一定會以非常謙卑的笑臉真心道歉。

永不停止地塑造「敵人」

1960～70年代上小學的人，一定都經歷過這些事情。放學之後，走在回家的路上，經常可以看到住在學校附近村子的孩子們欺負住在比較遠的村子的孩子們，可是不過一、兩個小時以前，他們還是在同一個教室裡面學習的同學，下課以後，就變成了「別村的孩子」，開始欺負同班同學。

那個時候如果有以「郡」為單位的對抗賽，那個郡裡的孩子們就變成是「同一國」的，可是「郡」對抗賽結束以後，立刻就演變為「面」的對抗，開始攻擊對方，而那些面的村子裡亦轉變為對抗的氣氛，這正是以地緣和血緣為中心，永無止境地塑造「敵人」的例子。

裙帶社會正是如此極端封閉的組織，在我所居住的村子、流著相同血液的範圍之內，毫無疑問地是「同一國」，超越這個範圍之外，就無條件地成為敵人。在「郡」對抗比賽時，屬於同一個

郡的所有「面」的人，雖然都是同一國，但如果性質變為「面」的對抗時，曾幾何時，昨天的同志就變成今天的敵人，這種事情不只在鄉下發生。

同一個地方出身的人之間會組織同鄉會，可是如果自己的高中同學會出現的話，同鄉之間就會變成敵人，這就是裙帶社會的缺陷。分成Y大學和K大學之後，同一個大學裡還要再分學系，系裡面還要再分學號，同一個學號的同學們還要再分聯招生或是插班生。

TK（大邱、慶北）出身的人也非同樣都是TK。「安東以南沒有『兩班』」（兩班：朝鮮時代的士大夫），「朝廷大臣有一半是慶北出身，慶北出身的有一半是尙善（尙州、善山）出身」，「眞正的TK是慶北高──漢城大學出身」等分邊的話，這至少還具有組織的型態，如果說出「雖然是同一個高中畢業，不能說全部都是同窗，我是特別班畢業的」這樣的話，那到最後剩下的人只有自己了。這正是裙帶社會的理論，不是想增加朋友，而是不停地製造敵人。

我們按照這種模式生活了數十年，遂完全失去了符合世界普遍基準的平等、製造水平網路的力量、同樣對待他人的方法、和結交朋友的本能。

不說「對不起」的日本

日本人雖然賺了很多錢，卻得不到尊敬的理由何在？很簡單，他們自己日本人之間每天說幾十次「對不起」，但對於真正應該道歉的其他國家，卻沒有一次爽快地說出「對不起」之故。

「清潔隊員不願意打掃日本大使館前面的道路，因此日本大使館前始終很髒亂。」這句話是我從一個久居中國的知己那兒聽來的，據他表示，有很多日本企業在中國投資很長一段期間，結果常常無法忍受而撤離中國。

他這樣說：

「日本人不懂得道歉，像發生南京大屠殺這樣慘絕人寰的事件，也找出了很多資料佐證，但日本人就是堅不道歉，而找些奇怪的理由，說些愚蠢的話，難怪中國人厭惡日本。與其說是厭惡日本人過去的行為，毋寧說是無法相信日本人到現在為止，還不肯爽快的道歉的緣故。中國人不管眼前有多少利益，只要不信任對方，就不會跟對方交易，其實又何止中國人是如此？」

日本為什麼會變成這樣？以中國立場而言，日本應該是一個讓他們獲得利潤而應該感謝的國家，可是中國沒有一個人感謝日本，大使館前面放置的垃圾所顯示的意義非同小可，這完全是因為日本以他們垂直、排他的理論去面對這個國際社會，也可說他們完全搞混了鄉下的理論和社會的理論所致。

韓國也沒有什麼不同。

雖然每年呈現極大的觀光赤字，但無論我們去哪個國家，似乎都得不到太多的歡迎，我們國家的人到中國東北三省去，拿著一疊厚厚的一百塊人民幣炫耀，於是常聽到「暴發戶」、「突然賺了錢，搞不清楚狀況的傻瓜」等批評。

去外國文化遺跡看看，可以發現不少用韓國字寫的留言，「大韓國人崔鳳植到此一遊」、「××啊！我愛你」等話語，難怪現在有幾個歐洲的飯店懸掛著「禁止韓國人進入」的標示。

為什麼我們「該給的都給了，卻得不到應有的待遇」？理由很簡單，正因為裙帶社會理論中，「我們」和「我」徹底差別的分際仍然存在的結果，也正因為雖然時代演變，適應這個時代應有的NQ尚未被建立所致。

雖然人們懷念以前的所謂「東方禮儀之國」，但是逝去的時代再也不會重來，而新時代就需要新的規則、需要新生活的原理，那就是我們生存下去的技術、關懷他人的技術，也就是NQ。

下雨天我一定戴眼鏡

我在下雨天一定會戴眼鏡，雖然我兩眼的視力都在1.0以上，但我在下雨天外出的話，為了保護眼睛，一定會戴眼鏡。因為我的身高頗高，所以身高大概在160～165公分的女性把雨傘撐開時，傘緣會直接命中我的眼睛，因此我處在一個極為危險的環境中。

下雨天的時候，你帶著雨傘到人多的街道上看看吧！然後找一個安全的地方停下來，仔細觀察路人們雨傘的動靜，你會發現很少有人會去顧及迎面而來的人的處境。不久之前，我走在下著雨的梨泰院街頭，在狹窄的巷道中，唯恐雨傘互相碰撞而暫時停下腳步或把雨傘舉高以免碰到別人的人，毫無例外，全部都是外國人，看到這個結果，讓我對一起步行的女兒充滿愧疚。

我們是不是還沒接受好怎樣跟別人一起生活的訓練？我們原本不是那樣的人，為什麼現在非得要以「去此一步，別無死所」的精神，奮戰爭鬥而活？現在我們的社會就是這副模樣，每天都充斥著矛盾與衝突，整個世界被分成「你那國」和「我這國」，勞方和資方、校長和教師等，各種利害團體毫不退讓、積極對抗；而無論是多小的公司，內部也一定有派系，分成「和我熟的人」和「和我不熟的人」。

多人聚集的組織一定會分邊，也一定會有摩擦，正如同美國前總統柯林頓有所謂的「阿肯色團隊」、卡特有「喬治亞團隊」、現任布希總統有「德州團隊」一般，但是他們不像我們一樣封閉，也不會將其他集團視為讎寇。人類生存的世界難免有矛盾和衝突，但是我們太過分，也太粗糙，如果別人的意見和自己不同，就似乎要把對方的眼珠挖出來一般。在同一個集團中，如果提出不同意見，馬上就會變成忘恩負義的人，不需要任何的協商、對話、妥協，「不是贏就是輸」，這不是對待同一個民族的態度，

而是對待敵人的作風。面臨戰爭的兩國都會進行對話，可是在我們的社會中，對話、協商、妥協已然消失無蹤，一言以蔽之，就是NQ失蹤。

看起來，這似乎不可能以高數值的IQ來解決。去大學的廁所看看，牆壁上全寫著「民族自主」、「和平統一」，但全然不為後面即將進來的同胞著想，用過、乾掉的衛生紙隨地亂丟，也不管馬桶有沒有沖乾淨，上完立刻走人。

在火車和地鐵上，全是行動電話的噪音，不管有多疲憊，聽到如此嘈雜的聲音，總是無法入眠。有一次我去醫院探病，搭電梯上樓時，看到一個小孩按下從一樓到十二樓的按鍵，可是他的父母不曾責備他，原因是不可折損自己孩子的氣勢，至於浪不浪費忙碌的人的時間，似乎一點兒也不在意。也正因此，雖然房價持續上升，但人的價格卻一路下滑；熱愛名牌，卻忘記人類應有品格的事實。如果凡事替別人著想，就變成傻瓜，先讓步的話，就遭致損失，結果這個國家讓人懷疑是不是變成一個傻瓜國家？

為什麼會這樣呢？曾經被稱頌為「東方禮儀之國」的國家，為何會變成一個發生輕微擦撞事故，就立刻捲起袖子準備揍人的國家？平常那麼善良、對家人充滿溫情的人，為什麼一開上車道，就會像瘋子一樣？原因就在於這些人仍活在裙帶社會排他的習慣當中，所以除了我以外，其他人都是敵人，不得不處處鬥爭。

不懂得一起生存就會一起死亡

最近不管遇到誰，都覺得他很聰明，爲了自己的發展不斷努力，每個人都非常練達，也善於表達自己的想法，可是爲什麼看起來不是那麼幸福？生活水準比起以前大幅提升，可是爲什麼大家都說生活越來越不易？爲什麼更加怨恨彼此？

現在的韓國充斥著許多高IQ的人，果眞如此，那麼我們國家也應該成爲一流國家，應該比以前活得更好，可是實際上並非如此，在外國消費了那麼多錢，卻得不到應有的尊敬。爲何會演變成今天這種局面？雖然不能貿然斷言，但以前我們眞的不是這種人，我們的祖先曾是世界上NQ指數最高的人群，若非如是，怎麼可能在這個險惡的世上生存了五千年而不致消失？

答案相當簡單，那就是我們全體國人把所有的心力都集中在如何提高IQ，而忽視培養NQ；我們都只想到要過得更好，向著標竿直跑，而省略了如何能一起存活的訓練；沒有人教導我們應如何對別人讓步、如何享受關懷別人所帶來的喜悅所致。因此，無論是IQ多麼高的人，仍只是一個只會用手指推別人、用傘緣刺別人的人。

讓我們從此刻起，斬斷那些腐敗的IQ萬能主義和裙帶文化的臍帶吧！如果不能一起生存，就會一起死亡，NQ指數高的人受到禮遇的時代終將來臨，喔！不！我們應該去創造這樣的時代。

NQ是國家競爭力

　　兩千年間，在中國周圍的數百個國家興起、滅亡，從女眞、靺鞨、突厥等北方強大民族到南方許多名不見經傳的部族，數不清的國家反覆建立、傾頹；而曾經佔領中國全域的夷族、蠻族也無法長久掌控，而陸續覆亡；只有蒙古還能勉強維持一個國家的型態，而滿族雖然曾支配過全中國，但時至今日，國家的痕跡不復留存，文字也已消失許久。

　　事實上，數千年間，身處中國的腹地之中，而能持守自身主體性的國家僅有韓國和越南而已。古代中國不斷擴充疆域，像我們一樣不大、不強、也沒有豐富資源的國家，能夠勉力支撐的主因，就是過去我們的NQ指數高所致，我們原本就是一個NQ指數高的民族，才能以耐心和智慧勝過無數的危險和苦難而存活。

　　此刻，NQ已不是個人的特質，而是國家競爭力的問題，這個時代已是國家不提升NQ就難以生存的時代。一個國家的人民如果受到尊敬，那個國家的產品也自然會受到歡迎，正如同誰會信賴一個對其他國家高爾夫球場服務員大呼小叫的國家所生產的東西呢？

　　不久之前，我與韓國廣告業者協會金利煥副會長見面，聽到他說出下面一段話：

　　「在外國人的心中，韓國的電子產品是一流的，生產那些電子

產品的公司也是一流的，但韓國這個國家卻是三流國家。」

因此，即便生產了好的製品，在打廣告的時候，盡可能把公司的名字寫小一點，國名則乾脆省略，這都是因為國家的形象不好，即使花了大錢作廣告，還是會遭受損失。

韓國人似乎常常認為韓國應該成為超強大國，每一位總統當選，在就職演說時，通常都會提出以「二十一世紀中心國家」、「東北亞中心國家」為目標，怎會有人反對韓國成為中心國家及大國的國民呢？但是沒有任何一個人提得出韓國應該如何成為世界中心國的方法，更直率地說，以現在韓國內外的情勢研判，不僅超強大國的夢想會枯死，甚至已到了國家危急存亡之秋。

我認為韓國若想真正成為世界中心國，必須先成為能夠得到外國人尊敬的國家，若想如此，則我們全體國民必須先成為值得讓人尊敬的人。我們民族具有許多值得令人尊敬的特質：對家人的深情、對老人的絕對恭敬、愛惜大自然、崇尚學問的精神、對於精神價值的追求、精進的信仰、樂天的民族性、勝過苦難的堅強意志與團結力，還有煩悶的時候也好、悲傷的時候也罷，仍能瞬間發揮出戲謔和幽默。何止如此，上次世界盃足球賽時，我們所顯現的爆發力和秩序意識、乃至於市民精神，都讓全世界為之震驚。

一位同事在世界杯足球賽結束之後，有一次赴歐洲旅行，他在巴黎偶然遇見一位歐洲的中年女性，當她聽到我同事是從韓國來

的時候，開始用不純熟的發音高喊「大～韓民國」，並鼓掌拍出「啪啪啪啪啪」的聲音，而別人也開始以生疏的動作附和，那一刻，他真的不由自主地熱淚盈眶。

不要想得太難，外國人不會對我們有多少錢、或我們有多聰明感到興趣；正如同去泰國旅行過的人，大概一輩子都不會遺忘「泰國人的微笑」一樣，爲數眾多的國民一起走上街頭爲韓國隊加油，沒有人加以管制，卻能夠維持井然的秩序，世界杯足球賽期間，沒有發生大的事故，而能順利舉辦，外國人正是因爲以上的事實而尊敬韓國人。

韓國人不會因爲自己聰明或有錢而受到尊敬，因爲大家都喜歡並尊敬有禮貌的人、秩序意識強的民族、微笑不會從臉上消失的民族。所謂NQ指數高的人，並非錢多的人，而是知道如何用錢的人，不論個人或國家，唯有NQ指數高，才會獲得尊敬。

讓我們創造「NQ強國」

此刻，我們應該再次找回暫時失落的NQ。

此刻，我們應該果決地拋棄已然廢棄的「裙帶」與「面子」文化，開啓全新、平等、開放的NQ時代。

從好的家門誕生、一流學校畢業，就能保證平步青雲的社會，在人類歷史上，絕對無法獲得成功。

正如鹽野七生著書《羅馬人的故事》中所述，尤利烏斯·凱撒

在進攻羅馬時，他最有力的追隨者正是當時高盧地方的外籍兵團，出身最好、受過最精實教育的人，終究得向凱撒及高盧人俯首稱臣，凱撒不屈服於當代羅馬的基準，而追求全世界的標準，凱撒的NQ指數相當高，也正因為凱撒的高NQ，使得高盧等外國傭兵部隊願意將他視為真正的戰友。

現在大韓民國正處於危機之中，經濟困難、北韓核武威脅、政治污穢、社會複雜，路上行人的表情灰黯，對未來充滿不安。

現在應該是再重拾遺忘已久的NQ的時候，我們原本是一個有優良傳統的國家，在窮困、貧乏的歲月中，懂得彼此分享；成為一流國家的道路只有一條，那就是我們每位國人都全力提升我們NQ。

NQ是國家競爭力，亦是國家的信用與威信，提高NQ的話，出口必然暢旺，到外國去也會得到應有的對待；姑且不論上述論斷，我們若真的成為「NQ強國」，生活在這塊土地上的人，活著的樂趣必然大增，畢竟我們每個人都想活在一個即使用頭腦不能解決問題，但用溫暖的心胸可以解決諸般問題的國家。

現在我們就從檢測自己的NQ做起。

第二章

如何提高NQ

若能提高NQ，必能看見希望

　　慶尙道某些地方的人不太會發「ㅆ(ss)」的音，他們無法區分「ㅆ(ss)」和「ㅅ(s)」。

　　我父母的故鄉在慶尙道，他們也不太會發這個音，從小我就無數次地聽他們說「살밥」、「사움질」，但我的父母唯獨能夠準確地發出「싸가지」的音，是不是這個詞本身的意思不能模稜兩可，因此能夠準確地發音呢？那到底什麼是「싸가지」呢？

　　「싸가지」是「싹수」的慶尙南道方言，它是指剛露出的嫩芽。嫩芽一般用於比喻「某些事或人能有好的未來的徵兆或苗頭」，在韓國語中，「有嫩芽」或「沒嫩芽」分別成爲最好的稱讚或最壞的辱罵。因此，如果有人聽到「沒嫩芽的……」這句話，不是跟那人大吵一架，就是要自己做一次深刻反省。現在的辛苦，不就是爲了更好的未來嗎？如果對於以現在的辛苦換來明天的幸福沒有一點信念，怎麼還能生活下去呢？因此「嫩芽」顯得十分重要。

　　聽到「沒嫩芽」這句話的人是沒有未來的人，沒嫩芽的人是對待他人無禮、自命不凡、只知自己的人，這些人不會有人際網路，這些人是NQ低的人，見不到嫩芽的人是沒有未來的人。

　　或許會有不管他人如何生活，只顧自己一個人吃好、睡好的

「沒嫩芽的人」,「發黃的嫩芽」和「沒嫩芽」是相同的意思,如果這都不懂,人生悲劇的到來只是時間問題而已。

一個人現在生活得再得意,如果「沒嫩芽」,好的現狀不會維持長久,如果此人很久都不沒落,甚至長時間持續其榮景,就要懷疑是不是自己的判斷有誤。在「大馬不死」的財閥都會傾家蕩產的現今社會,如果還有人以為只要牢牢地守住自己的財產就會萬事大吉,那他可是一個「沒嫩芽」的人,或許還是一個膽子很大的人。

但不必擔心自己有無嫩芽,因為NQ不是命運,只要提高NQ,就能看到「嫩芽」。

Y是三十多歲的建築家,他在大型建築企業服務七年之後,開設了個人事務所,是一名前途無量的人。他不僅與自己同事的關係很好,而且與監工、現場工人的關係也很好。不過不久前Y無意之中說到,自己在大學畢業以前甚至沒交過一個朋友,但Y現在的NQ極高,甚至還有人找他討教如何處理好與他人的關係,這真是意想不到。

Y從所謂的菁英之路一路走來,他畢業於明星高中,以名列前茅的成績考上一所好大學,並以第一名的成績畢業。他的家庭也很富裕,父母都是社會名流,由於實力出眾,畢業前就已被一家大企業相中,按Y的話說,那時他真是春風得意。

但前途一片光明、非常能幹的建築家Y,卻是一個傲慢無禮、

目中無人的人。由於一直生活在總拿第一的人生道路上，他不需要求助於他人，也找不出比自己懂得更多的人，因此他與其他人相處的機會很少。他總是漫不經心地輕視他人，喜歡獨處，除必要的工作交流之外，也不與他人交談，Y本人從來沒有覺得那種生活有什麼不便。努力工作的他，取得成功是易如反掌的事情。當然平時他也沒有做什麼打擾他人的事。

但在他的身上卻發生了很多奇怪的事，不知從何時開始，原以為沒什麼問題的事，到最後卻總是成就不了，但他只是認為「運氣不好」，他認為自己那麼聰明不會有什麼問題。

有一天，他在電梯聽到幾個陌生人談論自己。

「你們聽過叫Y的人沒有？幸虧不在我們部門，我看他的好運不會維持多久，聽人說那人真是一個沒嫩芽的人。」

「聽說他挺有能力的嘛！既然那麼有能力，不會立刻出什麼問題吧。」

「有能力的人遍地都是，難道以為就他一個人嗎？而且這世上的事，哪是單靠一個人的能力就能成就的。既然那麼有能力，為什麼不自己一個人蓋房子呢？不要提那個無聊的傢伙了。」

連不認識自己的人都這麼評價自己，與自己共事的同事怎樣評價自己更不言自明，Y覺得天旋地轉。

之前，Y從未與周圍人計較過什麼，只要做好自己的事，他就會心滿意足，他也不太清楚自己的同事都是些什麼樣的人，他在

大學和高中時也都一樣。

一個建造他人房屋的建築家，得不到他人的承認，還被人指責為沒嫩芽，他突然感到不能再繼續這種狀況。

從此Y自覺地改變自己，他首先向他人打招呼，放低身段，對方也逐漸改變了對他的態度。最初雖然有些尷尬和辛苦，但他下定決心一定要改變自己，並付諸實踐。以前沒人向Y請教任何問題，但此後有人會向他請教疑難之處，有時還會向他提供一些新的資訊。對此，Y總是向別人表示感謝，而且真心感激別人，不知不覺，Y的周圍逐漸聚集起人。

自從Y提高NQ之後，Y開始有了「嫩芽」，人們開始稱讚Y是有嫩芽、有希望的建築家，這些稱讚是以前拿第一名，或在各種建築大賽榮獲獎項時所未曾聽過的讚譽。

到現在Y還非常感激當時決心獨立的時候，毫不猶豫地對自己給予支援的同事和後輩。他還說「三個臭皮匠，勝過諸葛亮」，聽到此話之後，我認為Y的NQ和Y的嫩芽是信得過的。

NQ不會從天而降，人們只要下定決心，就可以提高NQ，而NQ之所以應該提高的理由是，NQ就是嫩芽。

即便現在你的嫩芽發黃，請不要失望，嘗試一下改變嫩芽的顏色，只要提高NQ，就能自動改變嫩芽的顏色。沒有嫩芽的人很難生存下去，但即使能力不出眾，只要有嫩芽就能心安理得地生存下去。

You First，你先讓步

事實上，我們是沒有學會讓步的民族。由於序列已定，所有的事情都已有順序，沒有做出讓步的必要，也沒有受讓的機會。讓步是平等人們之間的一種往來，既然大人和小孩已有長幼之序，還需要什麼讓步呢？雖說還會講究君臣之義、父子之情，但就是不重視讓步，在我們的社會，只存在強者對弱者所施與的恩惠。

而「讓步」卻不是強者對弱者所施與的恩惠，施惠的前提是存在給予恩惠的強者和受到恩惠的弱者，但讓步不應有這種前提條件，不管是弱者還是強者都能做得出的才是讓步。讓步是平等的人與人之間相互給予的。

若因為不是相同的血緣、相同的民族而不公平地對待他人，就不可能立足於國際社會。韓國人曾把中國人之外的外國人都視為野蠻人，似乎仍然把外國勞動者視為來自弱小之國的野蠻人，而且絕不做出讓步，雖然我們比他們強而富裕，但榨取外國勞動者的事例卻比比皆是。

讓步是NQ的開始，讓步應超越血脈、地緣、學緣，而且讓步要果斷，讓步不應有狡辯，讓步應該堂堂正正，且無需前提條件。

「如果什麼都讓步損失太大……，好吧，只讓步一半。」

「如果這次讓步太可惜，下次吧。」

「如果我做出讓步，那個人會不會感激我呢？」

如果如此計較太多，就不再是讓步，讓步應該果斷。

聽說百貨公司大減價而去了那裡，卻發現有很多附加條件時，就會有一種被欺騙的感覺。如果對每個挑好的商品都說「那是除外」，你甚至會心疼到這家百貨公司的車費。「部分商品的減價」不是減價。

讓步也是一樣，如果讓步不果斷，對方不會心領讓步人的好意，那還不如不讓步。大肆給予之後會有種成就感，心情也會特別舒暢。計較太多的讓步不再是讓步，在斤斤計較讓步之後，讓的人覺得不愉快，受讓人也事事計較。如果這次下定決心要幫助某個人，就要無條件地幫助到底，既然決定做出讓步，就要做得徹底，以便做出的讓步能夠贏得人心，進而提高自己的NQ。

經常抱怨「為什麼總要我做出讓步？」的人NQ很低，讓步怎會有理由呢？讓步是無條件的，不要期望讓步遵循什麼邏輯，讓步時找理由的人是不懂得讓步的人，也是NQ低的人。

母親給我們展示了很好的讓步範例。

母親會對哥哥說：「力氣大的哥哥應該讓弟弟，弟弟還小嘛。」對弟弟則會說：「弟弟就該讓哥哥。」如果孩子提出意見說：「為什麼總是我讓步？」母親則會說：「本來就是那樣。」我們的母親不是蠻不講理的人，而是NQ高的人，她們要求的就是無

條件的讓步。

讓步沒有「理由」和「條件」。如果讓步附帶什麼條件，對方會說讓步之人為「齷齪的人」，附帶條件的讓步，會變成脅迫。「如果這樣，我會給你那個」與「如果不這樣，你吃不了兜著走」是相同的意思，這不是讓步，而是脅迫。受脅迫之人心情肯定不高興，沒有人願意與脅迫自己的人成為朋友。

即使他人不理解自己所做出的讓步，也不必為此感到遺憾，也不要埋怨自己沒有人緣，這時肯定會有其他的原因。首先想一想，自己有沒有試圖向他人宣傳自己的讓步，或讓步時附帶過什麼條件，即便這種條件很小。

NQ高的人會默默地做出讓步，讓步之後，則會把它忘得一乾二淨，如此行事時，聚集在周圍的人就會增多。

此外，世上還有這種人，他們認為一定要由自己做出讓步，但人應該懂得給他人做出讓步的機會。如果真是一個很會讓步的人，應該也讓別人享受讓步的喜悅，不要像個英國紳士，霸佔讓步的權利。提高NQ既不需要苛刻的禮節，也不需要繁瑣的程序，只要能夠保持人與人相處時所需的最小禮儀就已足夠，只不過持續、誠心、長久地做出讓步時，它才會顯出效果。

讓步的人還應該懂得接受對方的讓步，這種人也是NQ高的人。欲霸佔讓步的人是只想提高自己NQ的人，但單靠自己努力無法提高NQ。決定NQ的是與自己身旁之人的關係，如果幫助他

人提高NQ，自己的NQ也會隨之得到提高。

我國南方的僧侶，到現在還在早晨進行化緣。化緣是指僧侶到信徒之家要求飲食的行為，表面上有些像乞討，但其內容截然不同。化緣僧都很理直氣壯，因為他們認為他們是在給別人積德的機會。

獨享讓步也是一種霸佔，讓步沒有事先確定的主人。請記住，欲自己獨享讓步的人，其NQ會降低，心胸寬廣的人知道給予別人讓步的機會，給予讓步的機會本身就是讓步的開始。

真正的領導知道如何做出適當的讓步。

領導不全是相同的，只想驅使他人的上司，一旦離開其領導位置就會無人聞問，因為他只是坐在了領導的位子，卻沒有做成真正的領導。

在任何組織，都會有只強求屬下讓步的上司，這種上司雖然身居高位，但不是真正的領導，真正的領導知道首先讓步、首先讓步給他人說話的機會，真正的領導明白真正的領導是聆聽的人，而不是說話的人。

企業擁有會聆聽的領導，就會有發展。在美國首屈一指的蘋果電腦公司，由工程師出身的沃茲尼亞克和專業經理人喬布斯所設立，最初建立在舊而小的倉庫，後來逐漸成長為世界性企業，蘋果公司現在仍然以出色的團隊精神自豪。

在蘋果公司，最高經營者被稱之為最高聽眾（chief listener），

這就是蘋果的企業文化。經營者側耳聆聽員工意見的企業文化，使蘋果公司成為了NQ高的企業。

好的談判家是會聆聽的人

　　美國民主黨前參議員比爾・理查森，是一名活躍於美國正式外交死角的外交爭端「解決人」。每當美國政府與「敵國」進行有關釋放政治犯或俘虜的談判，他總是以中間人身分出現。

　　他因成功地解救出於1994年12月在非軍事區（DMZ）北韓一側墜落的美國直升機駕駛員，而在韓國也早已家喻戶曉，在與很多獨裁者的談判上，他都取得了令人矚目的成績。

　　他於1995年7月會見薩達姆・海珊，成功解救出以間諜罪被羈押的兩名美國工程師。2003年2月說服古巴的卡斯楚，釋放了三名政治犯。2002年6月則訪問越南，從越南政府手中得到了多達一百頁的有關在越戰失蹤美軍的情報，發揮兩國建交的觸媒作用。他於1994年會見了被軟禁的緬甸民主領導者翁山蘇姬女士，他是頭一個會見翁山蘇姬的外國人，此後，他在1995年6月重新訪問緬甸，向軍事政府傳達了強力的警告性資訊，兩週之後，翁山蘇姬被解除了軟禁。下面是在韓國的報紙上所刊登對他的採訪內容。

　　……想要成為好的談判家，首先要成為好的「聽眾

（listener）」。當聆聽對方的話、尊重他們的意見的時候，真正的對話之門會向你敞開。

——《朝鮮日報》1996年6月9日第7版

當然，他不是一味聆聽。理查森1996年接受《財星》的採訪時，對「怎樣準備談判」問題作了如下回答：

「要與非常了解我要面對的人的人進行很多交談，這些人當中有學者、美國國務院專家、外交官或輿論家等。」

訪問古巴之前，他聽到卡斯楚以美國政治專家自居，並渴望得到有關美國的最新資訊。見到卡斯楚之後，他向卡斯楚講述了美國共和黨候選人在美國大選所引起的旋風，美國行政部和議會在預算問題上的矛盾等問題，最後他領著三名政治犯返回了邁阿密。他不僅能聽對方的話，還能理解自己所面對的人，在這一點上，可以說他是NQ的高手。

理查森之所以能成為如此有名的談判家，與他的出身背景也有關係。他的爸爸是美國人、媽媽是墨西哥人，從小在墨西哥度過了大部分的童年時光。因此，他對其他民族文化具有很大的關心和包容力。而且他的選區新墨西哥州有22個不同人種，為了滿足各人種的要求，他堅持「聆聽他們的話就是最佳方法」的原則。

真正的領導還會把教育的機會讓步給他人。他們會向比自己地位低的人求教，而且會仔細聆聽他們的教導，因為領導說話和教

育他人的機會很多，但聽別人教育的機會卻少。眞正的領導非常明白，充分聆聽之後說話也不遲，也非常明白，充分討教之後教育他人也絕不晚。

受尊敬的領導退居二線之後，往往把講演當作第二個職位，他們退休之後從四面八方湧入的講演邀請不斷。因爲在此之前他們最大限度地把教育的機會讓步給了他人，現在可以開始眞正教育別人。

眞正的領導非常明白一次的領導能夠成爲永恒的領導的祕方，他們的成功祕訣在於「讓步」這項NQ上。NQ高的領導的字典裡沒有「隱退」這句詞。

Under Stand，想要理解，就要學會低頭

「看齊學習法」，這是某個公司根據兒童的想法、兒童的判斷，作出習題和教授方法、學習教材的教育商品的名稱。

這句話很對，如果想要教育好孩子，就要以孩子的眼光看待這個世界。

有個大學同僚教授有一天跟我說了這樣的話：

「我一生的職業就是學習並教育孩子，但我卻發現不能教育自己的孩子。我就不明白孩子為什麼不懂這些，為什麼會忘掉教了很多次的東西，因此常常對他發脾氣。」

於是，教育孩子的時間成為了責罵孩子的時間，原先想拉近與孩子的關係，卻沒想到互相怨恨起對方，最後只好作罷。

與他交談的時候，我開玩笑說，這世上最難的就是「教自己孩子學習」和「教自己老婆開車」。

過了幾個月之後，我又見到了那位教授，那位教授樂孜孜地說：「最近學到了不生氣也能教育孩子的方法。」。我問他找到了什麼樣的好方法，他向我講述了有趣的故事。

「找到了一種好方法，就是教孩子學習的時候，如果實在忍不住生氣，我就在孩子旁邊用左手寫字。」

平時非常嚴謹的父親在自己身旁歪歪斜斜地寫起字，孩子就會

很好奇地望著父親，讓孩子知道爸爸也會有做不好的地方，也是一個非常棒的教育方法。

而且，用左手寫字還可以理解孩子。一個右撇子用左手寫字是相當吃力的事，再怎麼努力，也不會寫出像樣的字，一次失誤之後重新再來，十之八九又會出錯。

孩子也會渴望好好學習，與爸爸一起學習的時候，希望能在爸爸面前做出好的表現，想讓爸爸看到自己努力的樣子，但這並非易事。就像爸爸教孩子學習的情況不多，而且教育孩子不容易，孩子從爸爸那邊得到指教的機會也不多，而且要學得好也不容易。那位教授通過用左手寫字，開始理解了孩子的苦衷。如果理解了「不熟練的事對任何人都是難事」這一平凡真理，就能夠關懷起別人，理解和關懷是提高NQ的基本要素。

英語的「understand」按其字面意思，可以理解成是站在下面。

如果站在下面思考，沒有理解不到的事情，但如果站在上面思考，任何事情都無法理解。

「那個人怎麼能如此對我呢？真是無法理解。」

「那個人怎麼老是那個模樣呢？實在無法理解。」

說這種話的人是NQ低的人。如果站在別人的上面思考，不管如何努力，都無法理解那人。就像我的同僚教授最初對待孩子一樣，站在上面的人無法與下面的人看齊。

　　如果想要理解別人，首先要降低自己的身段，而且自己首先要聆聽他人的話。首先聆聽就是把他人接納爲自己老師，這樣怎會不能理解別人呢？從開始聆聽的時候，就能開始積累起理解與信任。

　　如果只盼望他人理解自己的處境，人與人之間就不可能有信任，誤會也會越來越深。只會輕視他人的NQ低的人，不會有人想幫助他，但平時就累積了高NQ的人，一旦發生什麼事，就會有成千上萬的人排著隊提供幫助。

　　NQ高的人是站在對方的立場思考的人。就像某句歌詞，如果「換個立場想」，就能彼此理解對方，如果相互理解對方，就不會有吵架的事，那人從此就會成爲屬於我的網路的人，我也屬於那人的網路。

　　因此，如果讓我選出一句最溫馨的英語單詞，我會毫不猶豫地說「understand」，「站在下面（under-stand）」是NQ的核心。

　　不久前結婚的一位女演員，說發出自己結婚請帖的事情，爲了能夠正確地區分出A級、B級、C級演員，讓我們觀察一下各個級別的演員。

　　首先是A級。

　　「祝賀你，這眞是一件好事，爲什麼現在才告訴我呢？那天雖然有安排，但我一定調整日程出席你的婚禮。謝謝你通知我，我們婚禮上見。」

　　說這種話的人，就像是自己的事一樣為她感到高興，而且大部分人都參加了婚禮。如果實在無法調整日程而不能參加婚禮，一定會在婚禮前通知自己無法參加，並再三表示歉意，還答應讓自己的代理人參加婚禮。

　　碰巧的是這些人都是最頂級的明星。比誰都忙碌的人卻排除了萬難來祝賀婚禮，他們說的一句話都能感動人，那位女演員甚至因為通知了這麼忙的人而感到內疚。婚禮當日，A級的頂級明星大都參加了婚禮。

　　其次是B級。

　　「什麼時候？等一等，雖然現在還沒最後確定，但那天可能去國外，怎麼辦呢？」

　　這些人以還未確定的日程為藉口，猶豫是否要參加已經確定的婚禮。聽到婚禮消息之後，只會做出形式上禮貌的人，很巧都是二級明星。當然，如果無法參加婚禮，也很少會事先通知自己不能參加，大部分只是在婚禮結束之後，偶然碰見的時候，做出無誠意的道歉，急於辯解說「雖然給你打了電話，但始終聯繫不到你。」、「你沒收到我的通知嗎？」、「實在太忙，給忘了。」等。

　　最後C級。

　　「是嗎？」

　　這種對他人的結婚消息無動於衷的人，那位女演員將之歸類為

C級。毫無誠意地聽著別人的話，所做出的回答更是使對方難堪的人，都是既沒實力、也不受歡迎的演員。

她最後說：「每個成功的人都有其原因。」被分類為A級的頂級明星到底有何祕訣呢？是不是他們首先揣摩出了在婚禮這種重要的儀式，招待自己的主人的心情呢？是不是因為站在招待自己的人下面，理解了招待之人呢？

就像上面的說明，理解也有級別，這個級別就是NQ。

如果強調「NQ的核心是對他人的理解」，有人會說「有時無論如何都無法理解」。

此時我會說：

「如果無法理解，就死記硬背吧。」

有些數學公式捉摸幾天幾夜也無法理解，此時唯一的方法就是死記硬背，如果既不願意理解，也不願意死記硬背，那只能放棄數學，換句話說，就只能放棄NQ。但如果多次使用自己死記硬背的公式，你會發現有一天自己已經完全地明白了那個數學公式。

人們處事的道理也正如此。如果站在他人的立場，也實在無法理解那個人，方法只有兩個，一個是硬著頭皮接受那個人，另一個是完全放棄那個人。NQ高的人會接受對方，NQ低的人會認為對方與自己無關，從而完全放棄對方。

即便再怎麼站在對方立場思考，也不可能完全領會對方的立

場，NQ高的人知道這一點，並承認這一點。對某人無法理解或許是想當然耳的事情，於是放下理解，完全接受那人的存在。

我們不可能從一開始就理解所有數學公式，完全理解數學公式之後，再利用那個數學公式解題更是難上加難。

那該怎麼辦呢？直接硬背難解的數學公式，從而把它變成自己的東西。如果實在無法理解捉摸不透的人，就完全接受那個人的存在，以此發展與那個人的關係。

不要因為難以理解別人而強求別人變化，見過你難以理解的數學公式按你的意願變化的嗎？每個人就是一個世界，如果因為無法理解其他世界，而要求其他世界有改變，只會降低自己的NQ。如果實在無法理解，就死記硬背吧，總有一天你會理解的，最終NQ也會得到提高

Win-Win，利人利己

昨天人民軍攻進來，今天國軍又進行反攻，如此反覆好幾個月。當全家人都進入夢鄉的時候，突然有一幫人不由分說闖進屋子質問：「你是哪一方的？」由於把手電筒照到睡眼矇矓的臉上，無法分清對方是人民軍還是國軍，只要說錯一句話就會被刺刀刺死，如果猶豫不決也只有死路一條，你會選擇哪一方呢？

在尹澤林先生所寫的《人類學者的過去旅行──尋找一個赤色分子的村莊》裡，很生動地描寫了韓戰時的日常生活。尹澤林先生在此書上解釋，在韓戰時，決定人的死活的不是左右理念，而是「在村裡的評價」，就是說，平時在自己村莊所積累的公正性和信譽，最後決定了一個人的生死，亦即生存的人是平時在自己的地區網路，認真積累了信譽的NQ高的人們。

NQ高的人應付危機的能力也很出色，平時所培養的網路會最大限度地幫助他度過危機，比這些人NQ還高的人，則會事先防止危機本身，在網路內部，一步一步減少危機的發生。就像在韓戰時期，對一個人的評判決定那個人的生死一樣，比那時更?複雜和激烈的現在，NQ更會決定生死。

問題是以前只要在一個村莊處理好事情就可，但現在則遠遠不夠。在農耕社會，村莊是生產和消費的單位，因此只要在自己村

莊得到好評，即可活得自在。由於走出村莊的機會非常小，因此只要在自己的村莊活得厚道，就不會對安逸的生活產生什麼影響，那時決定一個人的評判範圍很小。

裙帶社會反而會更舒服些，因爲裙帶社會的單位很小，包括自己裙帶範圍內的人也只是少數，因此，即使做錯了什麼事，也可靠血緣或學緣多少可以彌補這種過失，在這種社會，培養和維持關係並不很難。

NQ所支配的社會卻不一樣。不僅要面對自己職業和業務範圍內所遇見的人，還要面對與自己毫無關係的、偶然碰到的人，並要提高與他們的NQ。這種社會的範圍要比裙帶社會更廣，因此提高NQ也更加吃力。但有一點比較舒服，如果說以前的裙帶社會是「幫派」組織，只能與組織內部的人相處，那現在只要拓寬自己的網路，就可與任何人相處。亦即一個人的好不會損害他人，而會同時給兩個人帶來好處，這種社會就是新的網路時代，即NQ時代。

NQ時代的生存戰略不是「魚死網破」，也不是「你死我活」。NQ時代的基本概念和最終目標是「你活我活」這一「相處法則」。

認爲在只有踩在更多人的頭上才能取得成功的社會，怎能與他人好好相處的人，其NQ也低，也是不會把握時代脈絡的人。現在已經到了不追求「相互利益」，個人和企業都無法生存下去的

時代。

史蒂芬·柯維博士的《高效能人士的七個習慣》，已成為全世界人們的經營必讀書，他列舉了如下七種成功之人的習慣：

- 成為主導的人
- 確立目標，加以行動
- 先從重視的事情做起
- 追求相互利益
- 傾聽之後理解
- 活用綜合效果
- 鍛鍊身心

七個法則當中兩項是有關「相處」的內容。「活用綜合效果」和「追求相互利益」就是說明「團結才能生存，分裂則會死亡」，它說明只有試圖共同獲得幸福，才能取得成功。

在越來越複雜、相互關係性也越來越大的社會，只為自己的幸福拚搏的人終究會失敗，而且還會給與自己相關的人帶給巨大損失。這是一個NQ低的人所會遭受的、最後的悲慘情形。

積極實踐利人利己真理的時候，NQ就會得到提高。打個比方，如果姊姊幸福，娘家人當然會擁戴姊夫。得到娘家人尊重的姊夫反過來會對姊姊更好，姊姊也會尊重那種丈夫，夫妻倆在家相敬如賓，在外則可得到他人的認可，這種夫妻理所當然會越來

越幸福。

漢拿銀行於2003年7月，以2,105名員工爲對象進行了關於「你所希望的企業文化和愉快的崗位」的問卷調查。調查結果顯示，員工們最喜歡的話是「我幫你」，最不喜歡的話是「這也不懂」。

除「我幫你」（29%）之外，員工們喜歡聽的話依次爲「早點下班吧」（15.60%）、「今天辛苦了」（14.40%）、「謝謝」（13.80%）、「做得好」（9%）。

相反，在崗位上不應該使用的話除「這也不懂？」（18.40%）之外，依次還有「這不是我該做的工作」（17.60%）、「這麼早下班？」（15%）、「喂」（9.80%）、「××做得那麼好，但你……」（9.20%）等。表明員工最不喜歡貶低自己能力或自尊心的表達。

爲了建設好的企業文化，員工應該做的事分別是「員工之間的關懷和尊重」（22.40%）、「自我開發的活躍」（17%）、「交流的活躍」（15.80%）、「做個榜樣」（12.60%）、「同好會的活躍」（12.40%）等。

員工們希望的和感到愉快的全都與相處、關懷和讓步有關。「我幫你」這種關懷語是員工們在公司想彼此「相處」的意思。說一句「今天辛苦了」，不會增加或減少那個人的辛苦。恭敬開始於關懷和相處。

員工之間的交流和立標、以及關懷和尊重，與NQ的重要品德

相一致，而且同好會更是NQ所積極推薦的品德。因爲所有東西「共同相處，都會幸福；踐踏他人，則會滅亡。」

「相處」不是選擇的問題，而是生存的問題。

NQ也一樣，如今再沒有NQ低的人所能依靠的地方，說「我的IQ高，無需擔心」的人絕對是錯的，單單依靠IQ或以IQ爲基礎所凝結的關係，說不定會在哪一天就要流落街頭。

我們所能選擇的方向很明確，我們若不是選擇只顧自己，毫不關注NQ，最終使自己和自己周圍的人傾家蕩產，就要選擇提高自己的NQ，最終使每一個人都獲得成功。到底選擇哪一個屬於每一個人的自由，但結果可能影響到所有的人。

No Give No Take，世上沒有免費的東西

給予之後炫耀，還不如不給

如果說到首先給予他人，有些人首先會聯想起「賄賂」，靠「代價性賄賂」是無法提高NQ的。

在NQ所說的「給予」是指首先給他人以信賴，如果沒有對他人的善意和關心，能毫不猶豫地給予他人嗎？自己接受什麼之前首先給予他人，是向對方表示「我如此地相信你」的意思，也就是說，深信相互之間的關係會向更親近和更好的方向發展。

能夠慷慨解囊，甚至給人的感覺為「大漏斗」的人都是NQ高的人。

能夠更多地給予他人是好事，但給予之後急於炫耀的人NQ並不高，給予之後最好把那件事給忘得一乾二淨，這樣才會維持好的人際關係。

「我給予的這麼多，那人為什麼還不明白呢？」「既然我先給了他，下次他應該做出相同的回報吧！」如果這麼想還不如不給。

泰元娛樂公司的李泰元社長與我的個人交情不是很深，但從周圍人對他的評價，能感覺出他是一位NQ頗高的人。他是給予他人之後不做炫耀的人，不管多艱難，他總喜歡給予他人。

有個關於李泰元社長的小故事。

幾年前他被傳喚到檢察廳，對他的指控是，他沒有如實上繳劇場門票收入稅，這是當時大部分劇場所慣行的錯誤的做法。但不管慣例如何，逃稅終究不得人心，也不好意思對此做個辯護。

但他被檢察官傳喚之後，卻發生了稀奇的事。在大韓民國家喻戶曉的安聖基、姜受延、吳貞海等最紅的電影演員拿著請願書趕到了檢察廳，他們鄭重向檢察人員道歉說：「李泰元社長的行為雖不應該，但他對韓國電影所做出的貢獻實在太大。如果他受到處罰，整個韓國電影產業都會陷入危險。請原諒他一次吧。」更為驚奇的是，前職、現職電影記者也聯名遞交了請願書，這在韓國歷史上是從未有過的事情。

李泰元社長原來是京畿道中小城市的電影公司社長，他沒有讀過多少書，也沒有了不起的關係，製作電影和上映電影是他所做的全部的事情。為了電影活動，他曾去過莫斯科，因此曾在輿論界露過臉，但僅此而已。除電影之外，他一無所有，據說也沒多少錢。

但就是為了這個人，在大韓民國最為忙碌的超級明星在同一時刻發表聲明，為了請願集體跑到了檢察廳，而且幾乎同時，記者也站了出來。李泰元社長真是享受了當代最高的榮譽。

怎麼會發生這樣的事情呢？其實很簡單，都是得益於他平時構築的NQ。

　　向我講述李泰元社長故事的一位元記者說，實際上，李泰元社長也沒給記者多少小禮物，主導署名和請願的某一記者，甚至在其記者生涯沒有拿過李泰元社長一件小禮物。

　　在地緣、學緣、血緣任何一方面都不是很風光，而且也沒多少錢的李泰元社長，怎麼會有如此多的記者和電影明星追隨他呢？

　　周圍人對李泰元社長的一致評價是，他不管是在給予的時候，還是給予之後，都不會炫耀這些。在電影攝影場或電影公司進餐的時候，有時會有一碗麵條，有時會有豐盛的餐桌，但不管是以昂貴飲食招待他人，還是一起吃廉價的飲食，他從不炫耀這些。與人一起進餐，不管面對的是有勢力的人還是沒有勢力的人，他總會請一頓最好的料理。

　　他對電影的處理也一樣，他不像其他製作人，只找能賺錢的事做，而且不管製作出好電影，或不滿意的電影，他總會把功勞轉讓給他人，過失則由自己承擔。

　　在新聞媒體上也曾多次報導過的林澤權導演、鄭一成攝影導演與李泰元社長的交情，是李泰元社長的高NQ所創造出的最高的人際關係。

　　製片人和導演或攝影導演的關係不可能始終很好，一方關心電影的銷售，另一方則關心自己的影視世界，因此雙方很容易發生衝突。事實上，很多電影導演和製片人都很不合，甚至會為所用膠捲的長度而爭吵，但他們卻成為一生的朋友，相互幫助了對

方。

　　首先給予的一方是李泰元社長。他完全信任林澤權導演，並大力支持他，雖然大部分電影都取得了成功，但還是有很多電影沒有賺到錢，但李泰元社長從不提及曾給予的支援，而是始終如一給予全力支援。

　　林澤權導演也不是一味接受。當李泰元社長處於困境的時候，他企畫了一部商業電影，從而拯救了電影公司，現在大家都已熟悉的《將軍的兒子》系列劇就是那部電影，但到如今，他們都不會宣揚自己對對方的給予。給予之後炫耀的話，NQ就會加倍降低，而且接受給予的人也會離開身旁，這樣還不如不給。

　　不要隨隨便便給予，給予的時候一定要眞誠，這樣才能提高NQ。亦即依照給予的人所持的態度決定NQ。因爲就是有一些給予之後喜歡宣揚並瞧不起人家的人，才有了「給予之後還要挨罵」這句話。

　　以爲無需傾注眞誠，只需無條件給予即可的人，其實也犯了很大錯誤。試圖以無條件的給予獲得成功的人，或許直接放棄NQ可能更省事。

　　NQ不是尋找利益的技術，而是決定如何拉近人與人之間的關係、如何相處和睦、如何產生信任的能力。「好的給予」並非易事，到現在還沒有養成給予習慣的人，要逐漸培養這種習慣，給予的方法是毫無保留地、不動聲色地給予。

處理好最後時刻

釜山是夏季旅遊勝地，一到夏天會有很多人訪問此地。當外地人利用夏天的休假訪問釜山的時候，釜山人即使再忙，也不得不招待外地觀光客，此時他們都會努力爭取時間好好接待來客，即便自己再怎麼忙和辛苦。

大部分觀光客在離開之前，都會對這期間爲自己辛勞的親朋好友說聲感謝的話，因爲到此時觀光客會明白，他們是在忙碌的時間抽空招待了自己。

但有些人付出辛苦之後，卻反而挨罵。在三天四夜都忙於安排住宿、介紹飯館、充當司機之後，卻因最後一日沒有遵守約定或顯示出不耐煩的表情等小事，使至今所付出的投資和辛苦都毀於一旦。有時對方對接待之事感激不盡，卻因最後炫耀自己的功勞，而使所有辛苦付之東流，聽到炫耀自己的給予的話的時候，對人的感激之情會瞬間化成厭惡，這眞是可惜。

如果決心提供服務，就要盡職到底。如果說好負責住宿、飲食、交通，就要確實負責到最後離開的瞬間。被接待的人不會記住愉快的48小時，而會長時間記住不愉快的1分鐘；吃飯的人不會記住可口的五頓飯菜，卻會記住不可口的一頓飯菜。如果不愉快的事發生在最後一瞬間，只會記住那最後的瞬間。

拳擊比賽上有個最後一擊。就像最後的一擊會左右比賽的結果

一樣，所有的事情最後都是最重要的，不管比賽過程多麼華麗，比賽的勝負決定於最後的一擊。

　　看看韓國的足球也可以明白這個道理。雖然近些年好了許多，但過去韓國足球因為處理不好結尾，經常是比賽過程的勝者，比賽結果的敗者。與日本比賽的時候，經常在控球時間佔據絕對優勢的情況下，因最後失球而失去到手的比賽。

　　如果失去最後，就會失去一切。

　　如果你招待他人五頓飯，而最後一頓卻由你招待的人出錢，那麼至今所招待的五頓飯錢都是白花的，最後一次可以抵消此前所接受的所有招待，因此，好的企業在招待客人的時候，從頭到尾都會小心翼翼。

　　如果想要給予，就要給得徹底，當你想到「到這差不多了吧」的時候，再走一步，那樣才能大幅提高NQ。

平時要處理好事情

投資目前你周圍的人

「我眞是不應該來到這個學校。由於考試考得實在不好，所以極不情願地來到這個學校，但我眞不想繼續上，這學校眞不怎麼樣，沒什麼可學的，也不想交朋友。」

我在地方大學教書的時候，每年的新生當中都會有這樣的人，現在也偶爾還有。自認爲自己是該上漢城大學的人才，卻進入自己不情願的大學，因此感到人生已經失敗，覺得周圍的同學都很可笑。有些人還說，因與學習成績肯定不如自己的同學上同一個大學而傷自尊。

更爲遺憾的是，這些人中的大部分在四年當中一直都會憤憤不平，最後只會毫無成就地畢業，大學生活交不到一個朋友，只是拿到必要的學分而已。這樣畢業之後在自己崗位也肯定會碌碌無爲，好不容易進去的公司也不是自己所期望的，不是不情願地上班，就是不時跳槽到其他地方。我沒有詛咒他們的意思，但這些學生都會那麼憤憤不平地度過絕望的一生。

不喜歡自己的學校或單位而憤憤不平的人，一眼就可以看出來，在他們的臉上只會有焦躁和不滿，雙肩下垂，眼睛只會盯著

地面。尤其可以從他們對同學或前後輩的態度就能看出來，雖然不是明白表示出對他人的蔑視，但在說話或行動當中都會表現出那種心態，每次聚會都會以各種理由迴避，所接觸的人也都是上好大學的高中同學，喜歡說那些朋友的故事。這種人NQ真是低到不能再低。

　　我還沒見過小看自己所在的單位、自己所上的學校、自己身邊的同事的人取得成功的例子。在學校人際關係好、性格樂觀、生氣勃勃的人，一般畢業之後也能夠找到好工作，進入社會之後也能得到承認。最重要的是這樣的人能夠活得幸福。

　　自己都小看所屬的集團，他人怎麼會肯定自己的單位或學校，正確評價自己的能力呢？這種想法會毀滅一個人的人生，因此我在課堂上經常勸學生儘早拋棄這種想法，然後再補充一句：

　　「平時要做好。」

　　也就是我們經常說的「有機會時做好」。身邊有人時要做好，自己掌握了什麼的時候要做好，身居高位時要做好。如果平時與他人關係親密，幫助別人，NQ就會迅速提高，自己的網路也在不知不覺中變得牢固。而且，如今在身邊沒什麼作為的朋友，說不定在十年、二十年之後會變成都難以見其一面的成功人士，何不現在就投資於那種朋友呢？佛經裡有句話叫「佛在身邊」，就是讓你好好對待自己身邊的人，基督教也教導人們「像對待耶穌一樣對待你的鄰居」，設想自己身邊靜坐著耶穌或菩薩，並好好

對待這些人，就是提高NQ的路。

我們常說高層公職人員一退休就會生病。生活穩定，也沒有需要忙碌的事，可以好好休息的人，怎麼會生病呢？其原因是，隨著退休，平常伴隨左右的人也會隨之消失。不要只是抱怨「失去權力，萬事無用」，如果有人在自己身邊時只顧使喚，只顧多獲取自己利益，隨著退休，身邊的人就會馬上離開你。不要只想著自己的傷感，首先想一想自己在高位的時候怎麼對待自己周圍的人。

如果做不到十一奉獻，就做到百一奉獻

如果學生們問我怎樣才算是平時做得好，我會回答做到「十一奉獻」，如果這也辦不到就做到「百一奉獻」。會有人驚訝於不上教堂的我說十一奉獻，我的意思不是讓你一定交到教會。

我的意思是，讓你把捐贈用在自己的單位、自己的周圍，交餐費和酒費，為朋友買禮物。這並不一定要用錢，用自己的身體也好，為自己的班級、朋友抽出時間也可。現在投資於你身旁的未來的同行，未來最好的朋友，未來能拯救你的天使，未來的韓國總統。我跟學生說，如果無法做到這些，那首先打個招呼或笑一笑。想像一下進入社會之後，見到了在校園總面帶微笑對待過自己的人，想為那個人做點什麼事是人之常情；再想像一下進入社會之後，見到了總是繃著臉吐露不平和不滿的人，恐怕首先想離

開那個地方。

　　韓國最大的出版集團S公司的J社長與我做了很多吃虧的「生意」。與我有二十年以上好交情的這位前輩與我見面時，總是自己掏飯費和酒錢，如果哪一次我要掏的話，他揮揮手絕不贊同，那位前輩的理由是，十五年前最艱苦的時候，我幫他付了酒錢。那時一次酒錢頂多也就兩萬，而且次數也不多，現在則超過那時好幾倍，我至少一個月見他一次。看著那位前輩的成功我由衷感到高興，不是因為他經常請我吃好吃的，而是過去曾經艱苦過，但如今已有成就的兩個男人面對面把酒一杯，何嘗不是人生的一大快事。

　　自發地把自己財產的十分之一捐獻給社會，不僅是一件美麗的故事，也是一件聰明的舉動。美麗在於掏出自己辛苦掙來的十分之一收入的行為，智慧在於知道那錢終究會強化和發展人際關係。信徒和教徒的捐款不僅用於寺廟和教會的營運，還會用於地方的福利事業，有時還會用於教育和文化事業。這種十一奉獻已成為強化自己所在社會的基礎，為社會發展擔負重要角色。如果認為自己所在地方落後，只要捐出自己的十分之一即可。

　　一說十一奉獻很容易想起教會，但實際上寺廟、聖堂、我們的社會都靠十一之捐這一潤滑劑運轉其系統，雖然擁有施主、教務金、稅款等不同名稱，但其內涵都是相同的。不只是捐給宗教團體的才算是十一奉獻，給市民團體捐出後援金也算是一種十一奉

獻，如果認爲實在沒有可捐的地方，可以用於自己身上。

靠這種方法發展的城市可以舉紐約爲例，紐約是NQ高的城市，有人說即使討厭美國，也會喜歡紐約，因爲紐約是藝術和青春的城市。紐約的歷史不是很悠久，60～70年代還落後於歐洲城市，改變這種狀況的是美術館，而美術館之所以能夠拯救紐約，是因爲有像向教會捐出十一奉獻一樣，投資於美術館的美國人，十一奉獻精神造就了紐約。

認爲有創造力的藝術家是美國的財產的人們，對建立美術館投注了很大關心。爲了籌集美術館建立基金，從富豪到學生都掏出了自己的錢，收藏家樂意拿出自己所藏的名畫。國民表現出如此誠意之後，政府也採取了一些有意義的對策，減免了美術館捐款稅額，從1917年之後全力支援非營利性私立美術館的營運。

捐出錢的人得到了好處，營運美術館的人也得到了好處，美術館理所當然會蒸蒸日上。有了好的美術館之後，世界性的畫家和渴望成爲畫家的人聚集到了紐約，藝術日新月異發展的紐約，其地位也隨之上升，原來只認歐洲的藝術家開始聚到了紐約，不到一百年，紐約就成爲了世界藝術的中心。在不損害任何人的情況下，提高其價值是得益於十一奉獻，那些說因爲不是捐給教會而不能說是十一奉獻的是不明就裡的話，十一奉獻的重要性不在於捐的場所，而在於捐的態度。

只要捐出自己的金錢、自己的時間、自己的能力、自己的關心

的十分之一，甚至百分之一，自己的未來也會不同，果斷捐出十一奉獻，自己所處的價值會升值幾百倍、幾千倍。不管如何抱怨和討厭自己所出生的家庭、自己所進的學校或單位都無濟於事，相反，平時好好對待自己周圍的人，情況就會不同，你身邊的人是上帝所派給你的人，是菩薩為你所牽的緣分。

如果有機會的時候做得好，困難的時候會得到數倍的回報，這就是NQ的力量。

如果平時做得不好，當自己陷入困境的時候，急於向他人伸出求救之手也沒人會幫你，即便遇到什麼委屈，也沒人理你，如果處於這種情況實在是太悲慘的事情，就像某精神科醫生所說的「我們都是好不容易才擁有的人生」。

主動聯繫

每當參加哪位朋友父母的葬禮，我們都能夠遇到好多朋友，大家會相互噓寒問暖，但因場合之原因，大都很快就會分手，分手的時候都會異口同聲地說：「改天一起喝杯燒酒。」但十之八九都會成爲無法兌現的承諾。

如此分手的朋友，又只能在其他朋友父母的葬禮才能見面，有意思的是這次也會做出同樣的承諾，「改天一定一起喝杯燒酒」，就像做出相同約定一樣，毀約的方式也相同。

難道朋友父母不去世，就沒有見面的機會嗎？想到這些就覺得活著真沒什麼意義，但寒暄的同時所做出的承諾也不是一句空話，每個人都非常明白由於各人所生活的路不同，都忙於生計，很難見到面，這不能怪哪一個人。只是，如果有一個人主動進行聯繫的話，至少不會每次都兌現不了承諾。

是不是因爲平時不聯繫，所以只能在葬禮見到朋友呢？打一個電話也不至於斷根手指，但我們卻吝嗇於沒事聯繫他人，一般有什麼事才會聯繫，怪不得只能在正式的場合見到朋友，而且還是短暫的會面。

也有人說沒事聯繫沒話可說。其實不是沒話可說，而是因爲平時不怎麼聯繫，聯繫之後不知道該說什麼話，如果平時經常聯

235-62
台北縣中和市中正路800號13樓之3

印刻出版有限公司　收
讀者服務部

姓名：＿＿＿＿＿＿＿＿＿＿＿　　性別：□男　□女

郵遞區號：＿＿＿＿＿＿＿

地址：＿＿＿＿＿＿＿＿＿＿＿＿＿＿＿＿＿＿＿＿＿＿＿＿＿＿

電話：(日)＿＿＿＿＿＿＿＿＿＿＿＿　(夜)＿＿＿＿＿＿＿＿＿＿＿＿

傳真：＿＿＿＿＿＿＿＿＿＿＿＿＿

e-mail：＿＿＿＿＿＿＿＿＿＿＿＿＿＿＿＿＿＿＿＿＿＿＿＿＿＿

讀者服務卡

您買的書是：_____

生日：_____年_____月_____日

學歷：□國中　　□高中　　□大專　　□研究所（含以上）

職業：□軍　　　□公　　　□教育　　□商　　　□農

　　　□服務業　□自由業　□學生　　□家管

　　　□製造業　□銷售員　□資訊業　□大眾傳播

　　　□醫藥業　□交通業　□貿易業　□其他_____

購買的日期：_____年_____月_____日

購書地點：□書店 □書展 □書報攤 □郵購 □直銷 □贈閱 □其他

您從那裡得知本書：□書店 □報紙 □雜誌 □網路 □親友介紹

　　　　　　　　　□DM傳單 □廣播 □電視 □其他

您對本書的評價：(請填代號 1.非常滿意 2.滿意 3.普通 4.不滿意 5.非常不滿意)

　　　　　　　內容_____ 封面設計_____ 版面設計_____

讀完本書後您覺得：

1.□非常喜歡　2.□喜歡　3.□普通　4.□不喜歡　5.□非常不喜歡

您對於本書建議：

感謝您的惠顧，為了提供更好的服務，請填妥各欄資料，將讀者服務卡直接寄回
或傳真本社，我們將隨時提供最新的出版、活動等相關訊息。
讀者服務專線：(02) 2228-1626　讀者傳真專線：(02) 2228-1598

繫，就會知道對方過得怎麼樣，自然而然話題也會增多，怎會沒話可說呢？

如果有電話過敏甚至於電話恐懼症，可以利用其他通信方式進行聯繫，比如可以發電子郵件。即使發名信片或信，也不會有人嘲笑你落伍。不聯繫只是平常聯繫的習慣不夠，沒有聯繫的心思而已，不能聯繫只不過是藉口。由於太忙而無法聯繫，不要再做出這種古典的辯解。

NQ高的人不管有事沒事都會經常聯繫，因為這種人會擔心與自己親近的人過得如何，因此，不管用什麼方式，都會聯繫對方。因經常聯繫，相互之間所能談的話題也變多，也容易約個時間見面，NQ高的人不會只在葬禮見自己的朋友。有什麼大事的時候才能聚的朋友，應該說他們都具備了基本的NQ，但，總在有什麼事的時候才聯繫的話，NQ只能原地踏步。

跟一年或十年之後才見到的朋友，再怎麼大聲說「真高興，你過得如何？」也不會提高NQ。雖然能夠傳達自己高興的心情，但無法彌補未能相見的時間空白，那麼長時間沒有聯繫，實際上是那麼長時間兩人沒什麼關係。

NQ不可能靠一朝一夕成就，NQ需要投入時間和努力，並且真誠對待投入時間和金錢的人的時候，NQ會得到提高。根據自己所需阿諛奉承別人的虛假行動與NQ毫無關係，那種行為不符合NQ，也沒有用。

而且我們多麼輕而易舉地說「改天見」這句話，其中會有客套話，也有真心，雖然搶著說「改天見」，但卻都希望對方主動聯繫。

是不是認為主動聯繫的一方受到損害或傷自尊呢？如果希望他人首先向自己伸出手或低頭，那人只能在等待中度過一生。有人說突然打個電話有些難為情，但難為情只是頭一回，如果靠一個電話能夠得到一生的朋友，我情願選擇難為情。

但不忘記並能兌現「改天」的人，單靠這句話也能夠得到別人的信賴，因為這樣能使對方明白，這個人絕不遺忘即便是瑣碎的約定，並一定兌現。

在某一輿論調查機構工作的K被人評價為不說空話的人。如果說出「改天見」的話，他會當場在自己手冊記錄約定內容，互留電話，分手之後一定會主動先打個電話問候對方，如果說忙，可能沒人忙得過K，但他一定抽出見人的時間。

如果有人向K詢問什麼事，他一定約好答覆時間，並按時給人答覆。甚至有人自己都忘了向K託付過的事，K卻在數週後給自己送來了有關託付之事的詳細資訊，為此覺得特別惶恐和慚愧。

K的人際關係真是又廣又厚，這是因為K的NQ高。

我也有我自己的「隨便問候」方法。也不是什麼特別的祕方，只不過是定期打電話。開始時只是不定期給周圍人打了電話，但發現自己最後會以太忙為藉口，逐漸減少與周圍人的聯繫，於

是，我給自己下了定期打電話的規定。我盡可能給每個好朋友一週打一次電話。

具體來說，星期一給小學同學、星期二給小時候的朋友、星期三給中學同學、星期四給同好會的人們、星期五給大學同學打電話，但不是一整天給這麼多的同學和朋友打電話，而是每當想起來的時候，打電話給想起來的朋友，通過這種方式，一般一個月至少能跟一個朋友聯繫一次，有時還會約個時間見上面。

雖然不是經常的事，有時也會頻繁地跟同一個朋友有事沒事進行聯繫，但朋友不會因為我沒事聯繫他而厭煩，到目前為止，接到我的電話之後沒人不高興，見面之後也都覺得特別愉快。

不要說因為一整天的業務電話和廣告電話而膩煩於電話，現在立刻隨便聯繫一個人看看，能提高NQ不說，不管是接電話的人，還是打電話的人，都會覺得心情特別愉快，試一試就會明白。

不要擔心電話費會過多，現在通話費用在持續下跌，這正是提高NQ的好時機。

聆聽別人

　　如今喜歡說話的人很多，但樂意聆聽別人的話的人很少，每個人都想述說自己心中的話，但都迴避他人的話。我的一個精神科醫生朋友聲稱自己是靠聽別人的話餬口的人，這話沒錯。他說：「只要患者開口，治療算成功了一半。」他只要應和患者的話說「啊，真是那樣呀」、「是呀，那真該那樣，真可惜」、「您說得對」，患者就開始滔滔不絕地打開話匣子。偶爾遇到話多的患者，就要不厭其煩聽那人講話，但他還是會努力聆聽，這樣治療要容易得多。

　　心中有很多委屈的患者，在述說自己故事的同時還會哭泣，此時他應做的就是放任患者哭泣或拍拍患者的肩膀，哭一陣子之後，患者就會表示心情舒暢，面帶笑容回去。

　　有時只要靜靜聆聽，即可治療患者。

　　精神科醫生的職業就是聽他人說話，但即便不是因為職業，只要認真聆聽他人的話，人們自然會聚到身旁，從要求聽取自己話的人到給你講有趣的故事的人，都會慢慢聚到你的身旁。

　　NQ高的人肯定會仔細聆聽他人的話。首先向他人低頭，首先關懷他人的人，都會努力聆聽別人的話，而不是急於向別人說話。有時聽別人說話是浪費時間，因為自己也不是應該聽那些話

的當事人，卻不得不聽別人訴苦，有時說話的人會長時間嘮叨毫無根據的傳聞，有時還會託付一些令人難堪的事情，還會述說只有說話人自己才能解決的苦惱。

聆聽他人的話，不一定是因為那些話當中有什麼特別的資訊或教訓，在聆聽他人的話的過程當中，聽者能夠進一步了解說話之人，有時還可以提一些好意見。仔細聆聽他人的話，能夠加固與說話人的關係，不知不覺中NQ也會得到提高。

黃喜丞相是以聆聽他人的話而聞名的人。

有一天，鄰家的兩個女人找到黃喜丞相，請他評評兩人之間的是非。黃喜丞相聽完其中一個女人的話之後跟她說：「你對。」聽完另一女人的話之後，也說：「你對。」在旁的夫人說：「你下的是什麼判決？如果兩個人都對，怎麼會吵架呢？」黃喜丞相就說：「你說的也對。」

黃喜丞相非常明白每個人都會站在自己角度說話，而且認為仔細聆聽他人的話才是尊重對方，也是解決問題的捷徑。他之所以在歷代領議政當中所居時間最長，其原因是不是就在於他能夠聆聽別人的話呢？

英國的伊莉莎白一世也不亞於黃喜丞相。五百年前在英國獨自守護國王之位並非易事，伊莉莎白一世以協調和均衡的姿態迎刃而解各種難關，她努力聽取諮詢委員團的意見，最終伊莉莎白一世結束了宗教紛爭，通過向新大陸的擴張積累了英國的財富，尤

其是在45年的統治期間得到了大臣和國民的始終如一的支援。

麥克‧侯威在《站在巨人的肩膀》一書中，勸告人們學習伊莉莎白一世聆聽的態度。

麥克‧侯威列舉了如下最差的聽話態度：

- 做出沒有希望的表情
- 別人說話的時候，自己卻在腦中盤算自己要說的話
- 過分附和別人的話
- 頻繁看錶
- 說話途中接聽電話
- 使對方感到不安
- 打斷對方的話
- 隨意改變話題
- 始終只說自己（「是嗎？那是我每天都經歷的」、「我想從你那裡聽到的是關於我的話題」、「我想知道你怎麼想我」）
- 避開視線
- 帶有攻擊性或態度不誠實或以不愉快的視線看他人
- 說話中間離開（「就說到這裡，我馬上回來。」）
- 別人說話時打瞌睡（這可是最壞情況，說不定挨人家一頓揍。）

看著這些專案就會想起很多人。另一方面，心中不免有些發

毛。自我反省一下，看看自己是不是也有好幾種上面所說的情況。

不是提高多益測驗（TOEIC）分數就能取得成功。如果聆聽別人話的分數不及格，多益也好，其他學分也好，都只能成為數字而已。如果懶得進行聽話訓練，就會失去周圍的人。對他人的話捂住耳朵的組織，如果不被解散那是萬幸。無法溝通的組織怎能生存下去？如果期望人與人之間關係融洽，組織強大，就要相互聆聽對方的話。如果實在沒有自信，就至少努力避免麥克·侯威所說的「最差的聽話態度」。

既無人向自己傾吐苦水，也沒有能夠述說自己故事的對象，這是最為悲慘的人。

努力聽完別人的話，也充分表達自己想說的話的時候，人們就會願意接觸對方。不忽略任何人的話的組織，才會有發展。

NQ高的人都會仔細聆聽別人的話。自己首先聽取別人的話的時候，才會產生聆聽自己話的人。人至少要避免面對牆壁自言自語的最壞情況。把首先說話的機會讓給別人，然後仔細聆聽別人的話。這是種坐著提高NQ的方法。

人前罵人，背後稱讚

肯・布蘭查在《稱讚會讓鯨魚跳舞》一書中，提出了如下「稱讚十戒命」：

- 如果有該稱讚的事，請馬上稱讚
- 具體稱讚做得好的事
- 盡可能公開稱讚
- 最好稱讚過程而不是結果
- 像對待自己愛人一樣稱讚
- 以沒有虛假的真實的心稱讚
- 以肯定的眼光看世界，能發現該稱讚的事
- 進展不順利的時候，更要稱讚
- 如果發生不應該的事，向其他方向引導
- 偶爾稱讚自己

我想在這裡追加一項，「人前罵人，背後稱讚」。

這句話的實質不是「人前罵人」，如果只注意「人前罵人」，首先就要懷疑這個人的NQ，這句話的真正內涵在於「背後稱讚」。讓你人前罵人不是讓你進行人身攻擊或與人吵架，而是讓你誠心忠告他人。韓國人吝嗇於稱讚，但更吝嗇於忠告。更準確地說，

應該是缺乏接受忠告的寬闊胸懷。

　　如果在酒席上，上司、前輩或教授讓人指出自己的不足或平時的不滿，人們都會適當拐彎說話。雖說想知道自己的不足，但如果眞有人實話實說，以後就要一直遭受不利，這再明白不過。

　　我們經常看到有些上司在聚會上讓人放心說話，而要是眞有人說出自己不喜歡的話，就會無緣無故地生氣，使聚會場所變得特別尷尬。

　　另外，在對方面前不能堂堂正正地說話的人，一轉身就會變成另一個人，這些人急於貶低他人，而又擔心自己所說的話傳到上司的耳中。如果偶然知道了他人罵了自己，兩人之間就會形成「楚河漢界」。因此，讓人在人前罵人，實際上是讓人接受他人在自己面前所作的忠告。

　　「背後稱讚」則與句意完全一樣。想像一下坐在自己前面的人稱讚某一個人，如果朋友稱讚自己不認識的人，聽話的人就會希望見到那個被稱讚的人。想結交被稱讚之人，這是人之常情。即便是自己已經認識的人，一聽到有人稱讚此人，就會重新審視被稱讚之人的好的一面。

　　如果聽話人遇到被稱讚之人會說什麼呢？應該會說，從某某人聽過很多關於你的故事，因爲從他那裡聽到很多讚美詞，眞的希望見上一面。聽話的人感到愉快，傳話之人也挺高興，在後稱讚他人的人則會變得崇高，沒一個人受到損害。

　　文化企畫家李斗燁是在韓國交際非常廣的人。實際上他經常在背後稱讚人，我原以爲他因職業關係而認識很多人，但其實不然，李斗燁之所以交際廣，祕密在於他在背後稱讚人。

　　他遇到其他人總會稱讚自己所認識的人，從稱讚那人認眞做事到稱讚他的性格、愛好、趣事，會完美地稱讚那人。

　　如果聽到他稱讚別人的話，你不由得羨慕稱讚人的他和受到稱讚的「那個人」。你會認爲，既然他有如此好的人際關係，生活會多麼踏實，甚至想見到那個被稱讚的人，想從那個人身上學到什麼。如果跟李斗燁說想見到那個人，他總會說：

　　「如果你們兩個人相見，一定會處得很融洽。」

　　而且他也眞心爲此覺得高興，並安排兩人相見，如他的預言，被介紹的兩個人會成爲好朋友。

　　李斗燁的稱讚沒有一次是錯誤的。他不會誇大事實稱讚他人，因爲他能正確地看到別人好的一面，由於他的稱讚不是誇大事實，他的稱讚變得非常權威。

　　但李斗燁的更大權威不在於此。他周圍的人不是通過什麼組織而產生相互關係，但他周圍的人相互之間的關係都很好。如果眞要說這是什麼組織的話，可以說是通過他的稱讚聚集在一起的人們的組織，因此，他的交際範圍理所當然會很廣。如同他稱讚和介紹別人一樣，他也通過別人認識了很多人。

　　李斗燁的高NQ使他擁有了「房屋仲介所叔叔」的外號。可能

是房屋仲介所所擁有的既親近又舒服的感覺，使人們給他起了這樣的外號。就像房屋仲介所叔叔介紹房屋，對自己轄區情況瞭若指掌，他通過介紹人，對人與人之間的關係瞭若指掌。

想要提高NQ，就要在背後稱讚別人。那麼，那個稱讚就會變成數倍的回報返回你的身邊。回報是什麼？如果親身一試，發現NQ會提高，人際關係會變得更廣，網路會變得更加牢固。

那麼在人前罵人呢？我們見過很多好的忠告，最後卻破壞兩人關係的情況。在對方面前罵他真能提高NQ嗎？擔心的人說，他自己就是無法接受他人忠告的人。但沒有對自己咆哮的人，忠告自己、勸告自己的人，可能比沒人稱讚自己的人更加可憐。「沒有老師的時代」不就是這個意思嗎？

感激別人對自己的指正和忠告，謙虛地接受這些，才能毫不猶豫地直言，只有在準備好先挨罵，而不是先罵他人的時候，這才會變得可能，這種人的NQ百分之百都很高。

大大方方在人前聽他人的責罵，在背後稱讚他人的人的NQ，一般人是難以趕上的。不要為趕不上別人而苦惱，只要提高自己的NQ即可。人前罵人，背後稱讚，NQ就會得到提高。

第三章

NQ指數高的人

NQ的始祖──耶穌

耶穌既沒有錢，也沒有背景

　　耶穌屬於非主流人群，他沒有可炫耀的血緣、地緣、學緣關係，而且根據一些記載，他也不是一位美男子。耶穌出生於木匠家庭，是受壓迫的民族出身，他沒受過正規教育機關的教育，也不曾屬於有權威的教團，而且他也不是有錢人的兒子。耶穌既沒有錢，也沒有背景，然而，耶穌終究成為了教皇。這位教皇可不是四、五年的統治者，而是統治了兩千年以上、甚至在未來也將永遠成為萬民的偶像。耶穌就是單靠一個NQ，戰勝了上述所有的惡劣條件。

耶穌經常擺筵席

　　給人以勤勞、節儉印象的耶穌樂於設宴和作樂，這會是事實嗎？但耶穌的確如此。他經常準備豐盛的佳餚招待人們。主張耶穌為人類歷史上最佳CEO的書籍《最高經營者耶穌》中有如下一段故事：

　　如果有人來找耶穌，他從不讓人挨餓。耶穌經常為他們拿出美

味食品。耶穌爲了一位兒童的午餐，製作了能供五千人食用的飲食。

——根據〈約翰福音〉6：9～13改寫

耶穌給人講了沒人出席國王精心準備的筵席，國王因而既生氣又失望的故事，他還講了慈父爲歸來的浪子準備豐盛筵席的故事。當耶穌復活的時候，他在海邊準備了一種「團體旅遊」形式的烤魚派對。耶穌知道他來自於非常幸福的地方，最後又會回到那個美麗的地方。

設宴是一件非常麻煩的事情，因爲設宴需要從頭到尾親炙每一件事情，即便準備得再完美，參加宴會的客人也感覺不到其辛苦，相反地，只要疏忽了一件事，參加宴會的客人就會立刻表現出不滿。被招待的人把精心準備的筵席當作是理所當然的事情，招待客人只有辛苦，筵席一結束，客人離開之後的空虛是無法言喻的。

但是筵席所給予人的是人情，而不是美味，而筵席就是很久未曾謀面的人相聚在一起或結識新人的場合。準備飲食再怎麼辛苦，只要參加宴會的人喜歡所準備的菜，發出愉快的笑聲，主人就變成了有錢人，因爲他人品嘗可口飲食時的喜悅，是屬於擺設筵席的主人的。耶穌經常地設宴款待他人，他正是通過筵席而提高了NQ。

耶穌拿出了最好的葡萄酒

而且，耶穌還拿出了自己擁有的最好的葡萄酒，這並不是說耶穌拿出了世界上最貴的葡萄酒，耶穌不是富翁，但耶穌總是盡自己最大的努力招待別人，毫無保留地給予別人，耶穌認為參加宴會的人是最寶貴的存在，因此可以毫不猶豫地拿出最好的美味。

人們會為雖然素儉、但蘊含有真誠的飲食而感動，即便這不是昂貴的食品。如果招待別人，就要給予自己能力所及最真誠的招待。即使是一杯涼水，也要恭敬地置放在盤中端給客人，這正是對他人的關懷，而這樣的水就不再是單純地僅供解渴用的水。不花大錢也可以招待他人的方法很多，但即使花點錢又如何呢？愛惜自己的東西而抓著不放的人是NQ低的人，韓國有句俗話說，「捨不得用會變成大便」，這句話絕對正確，這不是說放在金庫裡的錢會變成一堆屎，而是說人際關係以及自身唯一的人生，都將會成為一堆大便。

最先招待他人的人，周圍總是會有很多人聚集。耶穌以最高的禮遇招待他人的方式，提高了自身的價值。如果你貴重地對待他人，自己也會變得高貴。在耶穌的一生中，他不斷地為他人設宴，以最高禮遇對待他人，其名聲當然會與日俱增。耶穌透過筵席，最大限度地擴大了自己的領域，耶穌真是NQ的天才。

耶穌關心他人

　　耶穌絕不會在筵席上說他人的壞話，他只會禱告和說祝福的話語，而且他不只是款待他人飲食，還會表示出對他人的關心。在〈路加福音〉十二章第七節中，講到耶穌可以記住別人的身高，甚至於他們的頭髮也都被數過了，這說明耶穌關心與自己接觸過的所有人，並記住他們。

　　日本前首相田中角榮雖不是能與耶穌相媲美的聖人，但在沒有學歷和家庭背景的條件下，能夠獲致成功這一點上則與耶穌相似，他是以中學學歷當上日本首相的第一人，他也是NQ指數極高的人。他的傳記中，曾描述中學學歷的他，當上聚集日本最多菁英的大藏省長官時的故事。田中不僅記住蔑視他、不屑於協助他的菁英官僚的生日，甚至連他們夫人的名字和生日都背下來，最後終於感動了這些官僚。對他人的關心正是NQ的開始。

耶穌為他人禱告

　　耶穌經常為他人禱告，為他人禱告才是最能夠顯現NQ指數的事情，為他人禱告的人是不會要求回報的，只盼望他人能夠過得更加美好，這與宗教無關，而這種心意必定能夠傳達給對方。耶穌的禱告正是如此，他懇切地為他人禱告，不斷地稱讚別人，耶穌受洗時，「有聲音從天上來，說，你是我的愛子，我喜悅你。」

（〈路加福音〉3：22）我雖然不是基督徒，但每當讀到這一段經文，眼淚都不禁奪眶而出。

有一次，我在電視上聽到了漢城大學經濟系宋丙洛教授為主婦主講「成為富翁的方法」，我起先以為他會講什麼證券或者基金之類的投資方法，但他講到「不詐騙別人錢財」和「為他人禱告」是成為富翁的兩項必需條件，我大吃了一驚，居然「為他人禱告」這句話會由非宗教人士的經濟學家口中說出，我相當感動。這是合情合理之語，想要成為富翁，首先要為他人禱告，為他人禱告的人才是真正NQ指數高的人。

耶穌不歧視人

耶穌活得並不孤單痛苦，耶穌經常擺設筵席款待別人，並與他人盡情享受此種樂趣，他與他人談話，分享笑聲，他也記住每一個參加筵席的人，並為他們禱告，耶穌以筵席默默實踐自己所說的「當愛你的鄰居，如同愛你自己一般」這句話。過了兩千多年的現在，耶穌仍與人們維持這種關係。學會與他人分享的人才會取得成功，最重要的是自己也會變得幸福。

耶穌稱呼漁夫和妓女為弟兄、姊妹，耶穌與盜賊、稅吏一起吃喝，耶穌與病人、瞎子、瘸子交遊，耶穌平等對待地位卑微的人們並愛護他們，因此人們成群結隊湧向了他，正因這些人在耶穌面前可以抬頭挺胸，盡情發揮自己的才能之故。

耶穌不問人們的出身背景總是予以接見，並接納他們，而且眞心尊敬他們，耶穌選弟子時，不看他們的現在，而是尊重他們的未來，因此，他把伯賽漁夫出身的彼得稱之爲「磐石」，後來彼得果然成爲了教會的磐石。

聽說有些從一流大學畢業的教授，在地方大學或入學分數較低的大學任教，總瞧不起這些大學的學生，有些教授甚至因爲在課堂上斥責學生爲「豬頭」或「連這個都不懂」，最終被學生趕出學校。這些人不愛惜自己所教的學生，也不尊重學生的未來，他們滿腦子可能只有「像我這麼聰明的人，爲什麼要在這種地方爛掉？」這些人的IQ可能很高，但是NQ卻相當低。

歧視他人的人其實是對自己非常不滿的人，這些人才是可憐的人。德國法蘭克福學派的學者試圖從當時舊中產階級歪曲的精神世界中，尋找德國納粹的精神起源，介於無法高攀的貴族階級和逐漸成長的勞動階級之間的中產階級，處於分裂的精神狀態，最終成爲對猶太人歧視和對勞動者鎭壓的贖罪羔羊。

耶穌是弱者的「後台」

耶穌是處於弱勢人們的「後台」，他曾對抹大拉的馬利亞說：「人們都說你該死，但我認爲你是具有充分存活價値的人。」

馬利亞據說是「七鬼纏身的人」（〈路加福音〉8：2），她因鬼魂附身而發瘋，因其身體和靈魂都已遭破壞而成爲廢人，她也有

可能是因為被父母和丈夫虐待或社會的遺棄而變得如此，她無法進行正常的思考和講話，在生活上也無法自理，但馬利亞因耶穌而變成了正常人。

也有人說馬利亞是街頭的妓女，但結果仍是一樣的，她因信耶穌在道德上獲得了重生，她從詛咒自己的身體和靈魂，轉變成珍惜自己的生命。

馬利亞熱愛自己的救命之人耶穌，並把自己一生奉獻給了耶穌。在耶穌被釘上十字架時，停留時間最長的人就是馬利亞，最先到耶穌墳前的也是馬利亞，最先見到耶穌復活的人也是馬利亞，最先傳播耶穌復活消息的人也是馬利亞。耶穌拯救一位落難之人，把那個人改造成自己的人。

耶穌還向寡婦和患者伸出援手，耶穌撫慰受屈辱之人的心靈，向得不到愛的人伸出了手，得到如此關懷的人有誰會不記得他？有誰會不愛他呢？

耶穌原諒他人

耶穌只看人們好的一面，他絕不會指出別人不好的一面責難他人，甚至被釘在十字架上時也是如此。耶穌深知人們的不足，但還是會原諒他們，所以耶穌沒有拋棄三次背叛自己的彼得，相反地，耶穌復活之後，特意出現在他的面前稱讚了他。耶穌是不是因為能夠看到人們內心當中好的一面，所以即使看到壞的一面也

會包容他呢？耶穌被釘在十字架上的時候還禱告說：「父啊！赦
免他們，因為他們所做的，他們不曉得。」（〈路加福音〉
23:34）。

　　如果你討厭別人，自己就會變成那個討厭的人。我曾經討厭過
一個人，由於討厭那個人，連帶討厭他的一切，甚至討厭那個人
說話的語氣和穿著，最後甚至到了看到衣著與其相似的人，也都
難以接受的地步。由於討厭那個人，不知不覺地更在意那個人，
心情也變得更加鬱悶，有一天，我突然發現鏡子裡的我，竟然變
成了我討厭的那個人，後來，我打心底原諒了那個人，後來發現
鏡子裡的人，也重新變回我原來的樣子。

　　討厭別人不僅是健康的最大障礙，也是NQ的最大敵人。這樣
的人不僅臉色變得灰黯，消化不良，仇恨和復仇心還會阻礙合理
的意識決定。但如果原諒一切，你的NQ就會提高。

耶穌稱讚別人

　　耶穌經常稱讚周圍的人。每個人都希望得到別人的肯定，即使
登上最高地位的人，也渴望確認自己現在做得對不對、自己走的
路正不正確。沒有人不願意得到稱讚。

　　企業也開始了解稱讚的效果。教保生命從1999年開始實施名為
「稱讚運動」的制度，其目的是誘導公司員工之間相互進行稱
讚，公司每月都會選拔稱讚對象，被選為稱讚對象的人可與會長

一起進餐，還能得到獎品和特殊考核分數，如果被選中三次，還會有特別晉升的機會。

企業將稱讚制度應用於人事考核或經營評價尺度的「稱讚經營」正方興未艾，因經濟不景氣變得沉滯的企業，意圖以「稱讚」為組織注入活力。

韓國必勝客的「稱讚接力」施行已有四年，如果你踏進位於漢城三成洞的公司大樓，你就可以見到120名職員在胸前佩戴貼有各種顏色標籤的身分證，這正是受到別人稱讚的標誌。

LG飛利浦LCD的每位高級職員和組長在2003年6月拿到了一百張類似支票的「稱讚彩券」，如果在業務當中發現值得稱讚的職員，就會記錄具體事件之後，打上介於10～60分之間的分數，並交給職員，職員在年底前的累積分數如果超過2000分，會額外得到五天的休假和特別休假費。優質企業已經察覺稱讚能使人際關係更為順暢，進而會給組織帶來活力，且已開始把稱讚實踐於公司營運之中。。

但為什麼只給得到稱讚的人獎勵呢？其實真正應該獎勵的應該是施予稱讚的人，現在各位讀者應該知道施予稱讚的人的NQ，要比受到稱讚的人高出許多。

過去我們太吝於稱讚，從今天開始，讓我們時時環視我們的周圍，大家會發現值得稱讚的人與事所在多有。

耶穌拓寬了自己的網路

　　耶穌不僅在自己出生的地方活動，也沒有爲了取得成功而利用地域情結，相反地，他很早就領悟到因爲自己是預言者之故，在自己的故鄉常常得不到尊重，因此很早就離開了故鄉，並且拓寬了自己的網路，聖經用各種故事描寫了網路擴張的重要性。

　　以賽亞曾經說過：「要擴張你帳幕之地，張大你居所的幔子，不要限止，要放長你的繩子，堅固你的橛子。」（〈以賽亞〉54:2），上帝也曾對亞伯拉罕說過：「凡你們腳掌所踏之地，都必歸你們，從曠野和利巴嫩，並伯拉大河，直到西海，都要作你們的境界。」（〈申命記〉11：24）。

　　有一次我去一個小城市，發現那裡有地位的教授、企業家、公務員甚至工會的核心幹部都是同一個學校出身。他們白天假裝相互進行鬥爭，一到晚上就會聚到酒家，互稱「大哥、老弟」，他們壟斷地方的人情和利益，只要他們一直待在那個小城市，他們就會覺得這個世界非常單純、明亮。但他們只要走出那個小城市一步，就會明白他們至今所享受過的安逸和特權簡直是微乎其微。他們爲了這些微不足道的利益和方便，而遠離變化和新鮮，沒有變化、刺激的地方是不會有什麼發展的。

　　珍惜家族和親戚、自己所出生的地方、自己所畢業的學校、以及所有的緣分是非常好的事，但是單靠這些關係，是無法靈活面

對世界變化的，尤其最明顯的是訊息受限，還會被其他集團排擠。

日本作家鹽野七生認為，羅馬人和羅馬帝國之所以能夠興盛的原因之一，就是即便是異族，只要他們遵守羅馬的律法，就能獲得和羅馬人同等的待遇。事實上，鹽野七生本人就因為懂得「與他鄉適度妥協」，才能寫出令全世界人感動的歷史書籍。鹽野七生從日本學習院大學畢業之後就去了義大利，並定居在那裡，如果他一直待在日本，勢必不可能成為世界性的文學家。走了別人不敢貿然走的路，這就是產生現在的鹽野七生的原因。成大器之人不會屈從於命運的安排，他們總是在尋找新的網路。

歷史上的許多英雄大多都很早就離開自己的故鄉，我不是說他們成功的原因是他們離開了故鄉之故，而是他們不會久安於狹窄且宿命般的關係組織，他們用NQ之腳勤於奔跑，伸出NQ之臂而擴大了他們的網路。

想要成為領袖的人，請跳入未知的海洋。

想要繼續依賴老舊關係的人是懦弱者的另一個名字，而NQ則是果敢投入廣闊世界的人的代名詞。錄影藝術家白南準、高爾夫球選手朴世莉、美國職棒大聯盟的朴贊浩……，他們都離開了故鄉，但現在他們的名氣比在韓國時更為響亮。

越降低身段，越顯崇高的劉備

曹操奔跑的時候，劉備卻在飛

最近曹操很受歡迎，原本《三國演義》的主角是劉備，但是頭腦聰明、現實感優異的曹操，卻比性格雖好卻優柔寡斷的劉備更受歡迎，相當程度地反映了目前僅靠一般才能將難以自保的社會現實。

但我並不認為曹操比劉備更聰明，「天外有天，人外有人」，正當曹操自命不凡、忙於奔跑的時候，劉備降低身段、狀似無能，但實際上卻翱翔天空。

曹操喜歡說話，劉備卻喜歡聆聽；曹操經常下達命令，劉備卻經常向別人請教，以此觀之，NQ高的人當然是劉備。

曹操出生於有名望的官吏之家，而劉備只不過是草席商販，從《三國演義》裡可以看出曹操有親戚，而劉備除了寡母外，再也沒有別的親人，劉備的血緣和家境都可以說是「零」，對曹操的描寫當中，曾出現他父親和叔父的故事，但對劉備的描述當中，只出現開始時他母親為他舉辦筵席的敘述，整本書只有對其寡母的描寫，卻不見對其親戚的描述。

此外，曹操家中富有，而劉備家境卻很貧寒，雖說是漢室宗親

之家，但卻給人以勉強編造出來的感覺，但曹操的家世卻是有所成就的官宦之家。

曹操是能夠寫詩作賦的學者，但在《三國演義》這本書裡，卻找不出任何一段劉備文章寫得很好的描述，因此或可判定劉備的IQ也是極其低落。

在地緣上，此二人也存在著很大差異。曹操生於首都洛陽，而劉備只不過是一介村夫，如果不是劉備出生於涿縣，這地方到現在可能都難以吸引一名遊客。

劉備在IQ、學緣、地緣、血緣的任何一方面，都無法與曹操相比，依現在流行的說法，雙方根本不是遊戲的對手。

曹操從一開始就以政府官吏身分，浩浩蕩蕩率領著官兵起義，而劉備卻與屠夫出身的張飛和還算會做人的關羽，在一個鄉村裡組織起弱小的軍隊。

所有地方都不起眼的劉備憑什麼與曹操相抗衡呢？

難道因為他是漢室宗親嗎？但當時漢朝已經處於覆亡前夕，應該是說漢朝依賴劉備，而不是劉備依賴漢朝，更何況漢朝還經常站在曹操那一邊。

是因為他所說的「拯救百姓於水深火熱之中」這個名分嗎？劉備是提出了很多口號，但春秋戰國時代沒有一個英雄不是拿出冠冕堂皇的名分。

是因為劉備具有溫和的個性嗎？

　　既無勢力又無背景的劉備不溫和還能怎樣？劉備的溫和有時給人以優柔寡斷的感覺，平時性情溫和的劉備，在趙子龍捨命救出自己兒子時所表現出的激烈行為（一說因為當時劉備扔擲自己的兒子，阿斗從此變得愚鈍），與平時的溫和相差甚遠，可以推斷劉備不是天生就是性情溫和的人，而是他除了性情變得溫和以外，毫無其他方法。

　　劉備沒有什麼可以端得出枱面的，但在《三國演義》裡，他卻是首屈一指的英雄，為什麼說全身上下都是缺點，最後也沒能稱霸天下的劉備是英雄呢？劉備究竟是怎樣克服所有缺點，成為絕世英雄的呢？

　　理由很簡單。劉備懂得聆聽、等候、信任，他可以包容策士龐統的傲慢，也可以耐心傾聽急性子張飛的話。

　　眾所周知，《三國演義》並非正史，而是根據野史所創作的小說，經過數百年的相傳和加工，《三國演義》衍生出數百種版本。但在這麼多的《三國演義》書中，千篇一律的共同點就是對劉備大耳的描寫，甚至曹操罵劉備時，也說他是「大耳賊」。

　　畫家高羽榮的《漫畫三國志》裡，將劉備的耳朵畫到佔整張臉的三分之二，劉備用這雙大耳耐心聆聽別人的話語，聽、改、傳《三國演義》的眾多民眾，把大耳的人選為自己的代言人，於是在數百年的流傳當中，劉備的耳朵遂變得越來越長。

劉備懂得等待

劉備在尋找人才這方面，表現出卓越的才能。

首先，劉備在各地廣泛探詢有用之才，他無論見到誰都說「如果有優秀的讀書人，請介紹給我認識」，他對所見到的每一個人，都以恭敬的態度謹請付託，劉備一旦選擇了人，即使是下屬，他也必定先行躬身，而且即使確信自己的想法無誤，他也會先行屈服，他清楚知道聆聽比訴說更能傳達自己的意思，因此他一再聽取並且等待。

雖然劉備對諸葛亮的「三顧茅廬」是非常有名的故事，但使劉備躬身的對象不只是孔明，三次躬身對劉備來說算不上什麼，他畢生以三顧茅廬的精神對待他人。

中國的人才應用經典《辨經》裡有如下故事：

荊州人劉巴一直激烈對抗劉備，誓死反對與劉備合作。當曹操大舉南下攻佔荊州的時候，其他人都隨著劉備逃到南方，唯獨劉巴投降於曹操。

曹操大敗於赤壁大戰之後，荊州六郡又重回劉備手中，劉巴被囚禁於荊州。諸葛孔明寫信給劉巴勸他歸順，但劉巴毅然拒絕並遠走交趾，後又西走投靠劉璋。

但劉巴到四川不久，劉璋被滅，劉備軍隊隨之包圍了成都，劉巴成了籠中之鳥。但劉備此時也沒有攻打劉巴。反而下令「其有

害巴者，誅及三族！」保護劉巴。最後見到劉巴的劉備不勝高興，劉巴終因感動而歸順於劉備。

劉備懂得聆聽

事實上，劉巴並不是舉足輕重的人物，後來也沒起多大作用，但劉備經由這件事讓別人知道，自己是愛惜人才、懂得等待的人。

劉備在遇到諸葛孔明之前，雖然手下網羅了一些蝦兵蟹將，但還沒有具備像樣的組織和軍備，經常被曹操窮追猛打。在刀尖抵住喉嚨的危機瞬間，劉備也只有一樣武器，那就是近乎於泣訴的低姿態和聆聽別人的話語，劉備應該有自己的判斷力，但他經常聽取並遵行別人的意見，他也因此得以網羅堪稱當代名策士之一的徐庶，也由於徐庶的相助，劉備得以逃過一場危機。

因劉備德行深受感動的徐庶，由於母親之故，不得不回到曹操的軍營，但他回曹操的營帳之前，留下一句話給劉備：「我身在曹營心在漢，誓不為曹某獻一策。」

實際上徐庶終究沒為曹操獻過任何計策，甚至連一句建議都沒有，而且他回曹營之前，為劉備推薦了相當重要的人物，那就是伏龍——諸葛孔明。

徐庶雖在曹營，但他的存在對曹操來說是個眼中釘，而劉備雖然沒能把他留在身邊，但對劉備而言，曹營中的徐庶可能更像個

潛入敵陣中的友軍。

劉備也很清楚如何留住離開自己身邊之人的心，劉備一再等待並深知如何聆聽他人的意見。

每個人都喜歡聆聽自己話語的人，並願意跟隨認可自己的人。

劉備對人始終如一

劉備對人的態度始終如一，不管對方的年紀大或年輕、聰明還是愚鈍、有名或者無名，也不論出身何處，劉備對人的態度都是一樣的。

或許有人會問，劉備是不是爲了獲得人才而故意低聲下氣？事實上，這種可能性應該存在，但即便如此，對自己的屬下做到這個地步，實在不容易，恭敬地服事比自己地位高的人並非難事，但對自己的部屬都得態度恭敬卻非易事。如果劉備的謙虛只是他的策略，那麼他的德望將不會持續太久，而且不會有如此多的人才，心甘情願地聚集在他的身邊，劉備知道任何事歸根結柢都是在乎「人」，因此他不追求權勢，而追求人才，即便劉備的謙虛只是他的策略，那麼這種策略又有什麼不妥呢？

劉備懂得以師禮待人

劉備之所以能夠廣納賢才的原因，是他將部屬視爲自己的老師，就算他人不接納自己的好意，他仍會始終一貫地表現出自己

的誠意。他不曾改變過視他人為自己老師的意志，結果自己反而成為最受尊重的人，也升到了最高地位，在這個過程中，他的NQ也自然得到提高，不！應該說由於劉備NQ高，所以才能有如此的作為。

與劉備情同手足的張飛和關羽，對劉備以師禮對待年紀輕輕的諸葛孔明很不理解，但劉備對張飛和關羽說：「吾得孔明，如魚之得水也。」平息了他們的不滿。

現在在學校已難尋覓到一位真正的老師，那麼我們應該如何看待以師禮對待所有相遇之人的劉備呢？劉備非常明白得到一位好老師，正如同「如魚得水」的心情，我們雖然都知道「把別人視為老師，自己終究會獲致進展」的道理，但卻經常遺忘，而劉備將這個雖然平凡卻難以實踐的真理刻在心中。

如果有人說因為周圍沒有值得追隨的老師，而無法像劉備一樣行事，那麼我們可以斷定這個人今後也不會遇到老師，我們應該拋棄「老師應該是比自己年紀更大、更聰明、學得更多的人」此一想法。

劉備就是如此，老師不是存在於某一個特別的地方，而是自己去創造出來的。每個人至少都有一個可以值得他人學習的地方，甚至從動、植物身上，我們也可以學到東西，關鍵是學習的態度。當曹操試驗他人，並以自己的標準判斷別人的時候，劉備卻以低姿態聆聽別人的意見，對他人謙卑以待。「判斷」的所有權

者不應該是自己，而是對方。看似無關緊要的這些作爲，卻使得一無所有的劉備成爲三國鼎立中的一國之君，以現在作比喻的話，就像是一個既無技術又沒資本的人建立了龐大的企業一般，劉備一無所有，卻應用出色的NQ建立了國家。

劉備把傑出的人才視爲自己的老師，而他提拔的人才，也因爲受劉備爲人感動而爲劉備竭盡全力，他們經常以最高的團隊精神協同作業，劉備不僅提高了自己的NQ，還提高了團隊的NQ。而聰明、靈活的曹操經常落後於平庸的劉備之原因，是在於曹操無法以一人之力勝過劉備陣營傑出的NQ所致。

我們活在這個太多人只願教導別人的世界，我們也常抱怨沒有值得尊敬的老師，但卻從來沒有努力尋找過值得服事、跟隨的老師，無論古今中外，NQ指數高的人處處都有老師，並從那些老師身上，擷取了很多智慧。

世宗大王也有很多老師

世宗大王也是一樣，世宗大王首先找到卞季良，把他奉爲自己的老師，並向卞季良表達了想服事其他老師的願望，卞季良盡自己的全力，向世宗引見了許多隱士，這些人後來也都成爲集賢殿的成員。

徐居正、姜希孟、何緯地、成三問、崔恒、柳誠源、金守溫、申叔舟等頭角崢嶸的集賢殿成員都成爲世宗的左右手，世宗還希

望在科學和藝術領域找到老師，因此他積極支持蔣英實和朴堧，並經常努力學習，朝鮮時代最優秀的科學家和藝術家都活躍於世宗大王的當政時期，這難道是偶然嗎？

　　如果想要服事老師，首先要具備學習的態度，更要降低自己的身段，若能如此，則老師會變多，而自己的地位和價值也會得到提高，降低自己，NQ就會升高，如果老師多，NQ會提升得更快。

以「和」開啓近代日本歷史的坂本龍馬

微不足道的下級武士之子

在日本的報紙或廣播、電視經常會發表「當今日本人最尊敬、最有影響力的人是誰？」等輿論調查結果，有時在前十名中，會同時出現還活著的人物和數百年以前的人物。

在這項輿論調查中，有一位始終位居第一位，雖然在韓國，他還不如田中角榮和伊藤博文有名，但他始終是日本人最尊敬的人物，現在日本人也毫不猶豫地把他選爲對日本人精神影響最大的人物之一。在日韓僑第二代的企業家Soft Bank的孫正義社長曾說：「我從中學起開始崇拜他，打從心底想學習他。」小淵惠三前總理也說：「我每次處於艱苦的時候，就會尋找龍馬。」在他死後超過一百年的今天，他受歡迎的程度還是最高。

坂本龍馬小時候是家裡幾乎放棄了的孩子，一言以蔽之，就是父母都已不再對他抱任何希望。他的家庭也非名門望族，而是微不足道的農村鄉士，即下級武士的家庭。把他送到私塾不久就被趕回家，把他送到道場鍛鍊身體，也經常被人打。在家裡則經常坐著發呆，教他一樣東西，他反而會忘記兩樣東西，他對學習漢字和經書也沒什麼興趣，而且連勇氣都沒有，有一次甚至見到蜘

蛛而被嚇昏。由於經常從外面哭著回家，因此外號叫愛哭鬼、呆子，父母心如死灰，他們認為「放棄」對孩子和父母而言，都是最佳選擇，因此很早就放棄了對這個孩子的期待。

　　這個毫無希望的孩子在1854年第一次接觸到刀以後，完全變成了另一個人。曾經是愛哭鬼、呆子的他，竟然成為日本第一的劍客。看到自己的傻孩子在劍術上似乎有點天賦，他的父母於是把他送到江戶留學，這是坂本龍馬的首次轉變。

　　不可能每個人都靠讀書成材，每一個人都有適合自己的路。如果坂本龍馬的母親像韓國江南的母親一樣，只專注於提高孩子的IQ和學習成績，恐怕也不會有日本人的偶像坂本龍馬。他也像歷史上的許多領導者一樣，既不是名門望族出身，也不是具有極高IQ的人，開始社會生活的時候，也沒有不錯的裙帶關係。

　　坂本龍馬生於土佐藩，現在名為高知的這個地方，在明治維新取得成功之後也沒有成為革命的主力，而僅成為一個輔助勢力，是個沒有什麼力量、面積也很小的地方。明治維新成功主要的四個藩中，土佐大概排在薩摩、長州之後的三、四位，坂本龍馬在當地也不是有名氣的貴族，而只不過是一個下級武士的兒子。

　　龍馬在江戶習練武術的時候，曾得到多次獎勵，成為一位出色的武士。父母雖然認為他「已經相當不錯，回來家鄉餬口飯吃吧！」但是他卻有其他的夢想，而一個偶然的任務改變了他的一生。

與師父勝海舟的相遇

成爲武術道場學生長的武士龍馬，有一天跟隨同伴去刺殺勝海舟。據帶龍馬去行刺的人說，勝海舟是「威脅天皇和日本的西方追隨者」，勝海舟平時主張一定要把日本海軍改造成西方式海軍，日本才會變得強大，因此被認爲是該死的賣國賊。

但去刺殺勝海舟的坂本龍馬卻從勝海舟那裡明白了開放門戶的必要性，坂本龍馬從此跟隨勝海舟，開始了他新的人生。與他一起在道場習武的同伴都指責他爲背信忘義之徒，但他終究拋棄了「武士的生命」，而開始了「日本人的生命」。他領悟到開放門戶的必要性，堅信可以經由開放門戶重新建設日本，而且他明白從此刻起要鬥爭的對象，不是主張與西方交流的改革派，而是畏懼變革的幕府以及反幕府派之間的分裂。

從此以後，坂本龍馬一邊學習實用知識，一邊開始廣泛結交各階層人士，確信開放和近代化是時代要求的龍馬建立並經營名爲「龜山」的東洋第一家株式會社，這家會社是不管哪個藩的出身，都可以參與股東經營的眞正株式會社。

成就薩長同盟

當時最爲緊要的並不是建立這種會社，而是締造新的日本，即重新制定日本的框架，龍馬認識到首先需要成就的，正是九州的

薩摩藩和本州的長州的聯盟。

　　但這似乎是不可能的事，薩摩和長州雖都屬於反幕府派，但要讓兩家強大的勢力攜手合作相當困難，因此龍馬要實現他的重要構想並非易事。雖然眾所周知，薩摩和長州只要一聯合就無人能擋，但卻是無法聯合的兩個集團，他們當時都擁有最強軍隊和最高企業，但這兩個集團相互仇視對方，把讓步視為奇恥大辱。當時很多人只是幻想兩個集團能夠進行聯合，卻沒人敢出來推動，長州雖然舉兵反對幕府，但以一家之力仍無法抗衡幕府，而雖然長州接連遭幕府擊潰，但薩摩卻始終袖手旁觀。

　　人們都明白，長州一旦倒塌，改革和開放就會如泡沫消失，而幕府勢力就會重新支配日本，施行鎖國政策，但沒有人能把這兩個集團融合成一體，最終坂本龍馬出面成就了這件事。

　　食糧欠缺的薩摩將儲備的西方武器提供給長州，幫助長州打倒幕府，而受到幕府討伐的長州則提供薩摩充分的糧食，對當時處於戰爭時期的藩而言，武器和糧食是最貴重的物資，經由交換武器和糧食，長州和薩摩終於攜起雙手。

　　坂本龍馬把看似不太可能成事的薩摩和長州帶往協商桌，最終結為與幕府對立的倒幕府聯合，這就是1866年1月8日的「薩長同盟」。

　　這是一個小時候什麼都不懂、沒有希望的孩子所成就的第一個功績，就是把水火不容的兩大集團結成一個聯合體的「和」的精

神，這也是日本人心中最高美德——「和」的模式。

日本人之所以會把坂本龍馬推舉爲最具精神影響力的人物，就是因爲臣服於他成就薩長同盟的協調能力。

不出預料之外，薩長同盟全面改變了日本歷史，穩若磐石的德川幕府江戶時代終於落幕，開啓現代日本文明基石的明治維新就此開始，這都得歸功於坂本龍馬所成就的薩長同盟。

追求「和」，功勞卻讓給他人

讓我們觀察一下坂本龍馬在此過程中，顯現出的NQ事例。

第一，他在促成聯合的過程當中，顯示出追求「和」的面貌。

攻陷幕府軍的根據地——江戶城的時候，他藉由師父勝海舟的幫助說服江戶城，最後得以不流一滴血而將城門開啓。他雖然追求改革，但他所追求的改革是最大限度地減少犧牲，自然而然地完成改革。他認爲當前的敵人是不需要斬草除根的，而是終歸要在一起生活的日本人。他發揮了雖然是敵人，但不加以仇恨的NQ。

第二，勞苦由自己承擔，功勞則轉讓給他人。

他沒有獨佔促成薩長同盟的功績，這是凸顯坂本龍馬擁有高NQ的事例，成就某件事以後，他總是悄無聲息地迴避論功行賞，而把功勞讓給他人。他做事不是爲了圖謀自己的私利，而是經由那件事，將所產生的機會分享給周圍的人。坂本龍馬深信自

己周圍的人都能成爲日本歷史的主角，如果他認爲只有自己或自己的同盟才能成就那件事，就不可能實現後來的薩長同盟。

　　成就薩長同盟之後，坂本龍馬把重要的事情全部交給西鄉隆盛、後藤象二郎、高山晉作等人，自己則退居二線。當將軍舉行大政奉還（將權力交還天皇）儀式的當晚，他向同僚說明翌年即將實行的明治維新藍圖，這項計畫包括今後業務內容、新政府的組閣方向、新官職的作用等。他在場明確表示自己絕不擔任一官半職，這是三十多歲的龍馬所下的決定，據說有人問他如果不在新政府擔任官職，今後將做什麼時，他笑著說：「我不適合官場生活，今後可能會經營海運公司吧！」

認同他人的能力

　　坂本龍馬NQ的核心在於他認同他人的能力，他不會輕視他人，甚至也不討厭針鋒相對的敵人，如果看不到對方的優點，就不可能有眞正的和諧；只帶著仇恨，把對方視爲一定要戰勝、打倒的對手，就不可能有眞正的妥協，只會有戰略上的妥協。而如果沒有認同對方的心懷，終究會把對手視爲需要滅掉的敵人，當然最終就會流血。坂本龍馬結束了一個時代，造就了新的時代，但在此過程中沒有流多少血。

　　「讓步」也是坂本龍馬的一大優點。遇到大事時，人們通常會向人要求救援，但事情一結束，很容易就遺忘曾經一起共事的

人，太多人以為是因自己的聰明才智才成就了大事。

把世上所有人都區分為敵、我的人，在自己的組織內，也會以垂直的結構來區分他人，有部下和上司，卻沒有同僚，對這種人而言，自己組織之外的人都是敵人，而組織之內只有下達命令的人和聽從命令的人，在這種組織中，只會量產按照命令行動的「機器人」和很能聽話的「軀殼」而已。

如果一人獨佔所有功勞，就得冒一人承擔所有過失的風險；而如果一個人取得成功，獨享其成果，人就會變得孤獨，但如果與人分享痛苦，痛苦就會減少一半，與人分享快樂，快樂則會加倍。

坂本龍馬不曾一人獨佔所有功勞，他經由薩長同盟，深刻了解憑一己之力，是無法成就任何事情的真理，他也下定決心要與他人分享成果。他不會拿金錢或名譽報答他人，而是提供他人能夠成為像自己一樣的機會，龍馬的網路理所當然會變得牢固。日本人喜歡龍馬的原因在於，他徹底發揮了「和」的精神，並楬櫫「一個人是成就不了什麼事」的NQ精神。

他在完成每一個階段性任務之後，都會支援更具潛力的人才，他認為那些人會做得比自己更好，因此會毫不猶豫支持這些人。他相信自己的角色是當這些人需要的時候，給他們一些建議，他判斷這是建設強大新日本的捷徑，並付諸實踐，也因此，人們對他的信賴日益增加。

在西歐文明如潮水般湧進時，如果島國日本繼續堅持鎖國政策，施行封建體制，說不定日本會淪爲亞洲最落後的國家。如果抓不住機會，結果將會有天壤之別，坂本龍馬敏銳地嗅到了變化的時機，並抓住了那個機會。

他認爲需要有適應變化的能力和創造新機會的社會統合能力，他也以自己的NQ加以成就。

坂本龍馬完全打破了家人的成見，一個看來沒有未來的孩子，竟然能成爲開啓近代日本歷史的主角，他的家族不得不感到詫異。「一葉知秋」是不對的，一百五十年前的坂本龍馬已經把這個事實告訴我們，龍馬痛快地證明了NQ既非遺傳，也不是天生的能力。龍馬出生於一個鄉村的下級武士家庭，小時候是家裡最頭疼的對象，但他卻把日本塑造成偉大的國家，因此到現在爲止，日本人仍認爲他是一位偉人，他用自己的一生告訴別人，NQ對任何人都是開放的，只要努力，一定可以提高NQ。

NQ傾向於「大器晚成」型的人，像坂本龍馬一樣，來一個人生大逆轉如何？不要把時間浪費在每週購買彩票上，試著用NQ來改變人生吧！我們現在正處於比坂本龍馬時代變化更快、更多的時代。

連敵人的心也能掌控的金春秋

在電梯上沉默的人

在我認識的外國朋友中，問他「在韓國生活最辛苦的事為何？」他的回答相當令人啼笑皆非，因為他的答案竟然是「搭電梯」。

「搭過電梯的人都應該明白吧？在電梯內，所有的韓國人都會變得特別嚴肅，每個人都盡量避免與別人的眼神接觸，好像連說話都感覺到不自在。」

奇怪的是，在地鐵、公共汽車或其他公共場所裡特別喜歡喧鬧的人，一旦進入電梯就會判若兩人。拿著手機，旁若無人地闊談三十分鐘的人一旦乘坐電梯就不再說話。乘坐電梯的人之間也不會打招呼，只是仰望電梯頂部或靜靜地望著電梯牆壁。

向周圍的人求證，每個人都說受不了電梯裡「令人窒息的沉默」，但卻沒有人願意改變這種狀況。外國人一搭電梯就會互相打招呼，進電梯時，如果有人幫自己按開啓按鈕，出電梯前一定向那人表示感謝，如果需要別人挪動位置，一定會說聲對不起，他們唯恐造成他人困擾，不會在公共場所大聲喧譁，但在電梯裡卻一定說一些打招呼等必需的話，然後面帶笑容地與人交談。如果看外國電影，我們可以發現，在電梯內的短暫交談甚至變成日

常生活的一種。

　　我覺得不應該把在電梯保持沉默一事，簡化成是個性深沉或民族性使然。我們絕對不是那種喜歡在公共場所吵鬧，而在密閉空間保持沉默的民族。我們曾是騎馬奔馳於廣闊草原上的游牧民族，和現在的面貌有很大的不同。

　　是長久的裙帶社會使我們變成這種歪曲的樣子，從裙帶社會的道德標準來看，地鐵或公共場所是與我們無關的匿名空間，而匿名空間就是「可以不遵守禮儀的空間」。如果他人不屬於自己的裙帶內，他就是外人，在與外人相處的空間上沒人會認得自己。

　　在垂直結構的裙帶關係社會裡，只會教你怎樣向長輩行禮，而不會教你對待他人應怎樣保持親切和禮儀，有時甚至會把他人認為是需要制伏的敵人。

　　地鐵是匿名空間，公園也是匿名空間，劇場、運動場、停車場、公用洗手間也都是匿名空間。在不屬於我裙帶關係內的匿名空間裡，不需要保持禮節。對著手機喧譁三十分鐘或隨意利用洗手間都無所謂，也因此，比賽結束之後，觀眾席上到處都是垃圾，在劇場，觀眾離席之後需要再打掃。

　　在匿名空間──電梯裡遇到他人的時候，主動向對方打招呼幾乎是不可能發生的事，只不過因為與他人離得太近，所以只能自制無禮的行動，向不認識的鄰居打招呼是不可能發生的事。

　　結果住在同一棟公寓的鄰居成為陌生人，甚至「不向他人打招

呼，不先跟他人搭話」的稀奇事也於焉發生。我們在不知不覺中，變成了忽略甚至害怕搭話的民族。如果中間沒有搭橋的人，不會首先打招呼或搭話。如果有人先向自己打招呼或搭話，就會懷疑他是不是要欺騙自己、或身分比自己低、或有求於自己的人，因此先向他人搭話被認為是「投降」的事。

首先跟人搭話

我們並非從古代開始，就是害怕「跟他人搭話」的民族。三國時代新羅的金春秋正是經由「先跟他人搭話」，藉以奠定三國統一基礎的人。

善德女王11年冬季的某一天，金春秋找到了金庾信。

「我與公一心同體，陛下也很信任和重視我。我現在準備以使臣身分去高句麗，如果過了六十天之後，我還不能回來，公就不可能再見到我。如果這樣，公將如何？」

「如果那樣，我的馬蹄將會踐踏高句麗和百濟兩個國王的王宮，如果我做不到這一點，有何面目面對我國百姓？」

聽到這句話的金春秋非常高興，並與金庾信歃血為盟。

金春秋經由先跟人搭話，而提高了自己的NQ。

金庾信是悄然滅亡的伽倻國的後代，雖然被編入新羅的貴族，但一個伽倻國的王孫不可能就此喜歡上新羅，實際上，史書上也記載他與新羅有過諸多矛盾。

從新羅王族的立場上看，金庾信是個可能成為叛軍的危險人物，但金春秋沒有放棄金庾信，而且先向金庾信搭話，他找到金庾信請求幫助，而金庾信窮畢生之力保護金春秋，後來金春秋當上了國王，金庾信的家族也鞏固了在新羅貴族的地位。

隨時出沒於高句麗、百濟，甚至日本、唐朝的金春秋，把新羅國政都交給了金庾信。金庾信平定了國內的各種大、小叛亂，把政治勢力予以統合，並領導強大的軍隊幫助金春秋統一三國。按咸錫憲先生的話，金春秋擁有「行遠路之前，能夠託付妻兒的人」。

果不其然，去高句麗的金春秋過了六十天也沒能回到新羅，金庾信為救出金春秋，毫不猶豫地揮師挺進高句麗。但拿自己的生命幫助金春秋的人，還不只新羅的金庾信一人。

得到高句麗先道解和唐太宗的支援

金春秋與淵蓋蘇文的協商沒有找到妥協點，最後被投入獄，一位叫先道解的高句麗核心人物，假裝喝醉而向金春秋透露回到新羅的方法，金春秋也終於逃出高句麗。那時也是金春秋首先尋求與先道解對話，雖說是通過賄賂才見到面，但無論如何，金春秋先為兩人對話搭橋。

雖然先道解幫助金春秋的真正原因，直到目前為止還不得而知，但最有力的說法是，他與金春秋促膝談心時，被金春秋對三

國統一的信念所感動，而不是因爲金春秋的賄賂，亦即最受高句麗王寵愛的先道解，折服於金春秋的意志和大度。金春秋經由接觸其他人，使他人明白自己的價值所在並獲得認同。之所以能夠成就此事，是因爲金春秋在了解其人後，才跟他搭話。先跟他人搭話是認同他人的第一步，也是向別人表達關心的方法，金春秋的高NQ也在於此。

金春秋去唐朝的時候也充分地展現了自己的高NQ。金春秋見到唐太宗的時候，首先說起了中國文化，唐太宗對欲眞心了解唐朝的金春秋有了好感，最終同意派兵支援他。

沒有人會不感激別人對自己的關心，對韓國的清唱和農樂極具興趣、對韓國的歷史瞭若指掌的外國人，我們會在不知不覺中，感受到特別的親切感，這是理所當然的。不只是感受親切，甚至會有莫名的尊敬心，我們絕對不可能蔑視了解自己的人，不管是新羅時期還是現在都是一樣，唐太宗也分明是認同了金春秋的高NQ。

我當初對金春秋拋棄相同民族的高句麗、百濟，而去向唐朝俯首稱臣的事實有些耿耿於懷。但再仔細想一想也不全是如此，金春秋去高句麗雖然盡了全力，但已然親身感覺到與高句麗合作的可能性不大，因此他才開始促進與唐朝的聯合。

而且當時的三國也不像是今天的分裂國家，不僅在相同民族這一點上的認知較爲薄弱，而且是認爲只是三個獨立的國家互相接

壞罷了。金春秋在得到唐朝的幫助，接受較為先進文化的同時，也為維持新羅的自主性盡了最大的努力，金春秋不是陶醉於唐朝文明，而是為了不使新羅被孤立成封閉的國家，而打開了自己的門戶。

以學習的姿態提高NQ的金春秋

　　我們總是認為地位較低、處於弱勢的人應先搭話或打招呼，於是往往會說「我為什麼要先向他打招呼呢？」，如果先打招呼就被認為是「承認失敗」。但先開口的人並不是因為沒有自尊心或輕薄所以才先搭話，NQ高的人清楚明白自己的重心所在，而且總是具備學習的態度，金春秋就是如此，他通過與別人的關係以彌補自己的不足。伽倻國出身的金庾信、高句麗的先道解、唐太宗等都有可能成為金春秋的敵人，但金春秋經由與這些人直接對話而將敵人變為最好的後援。金春秋的支援者並不是因為看上錢或為了體面，而是因為認為他是應該繼續活下去的人，才把他從死神手中救了出來，並且每個人都是真心想要幫助金春秋才出手相助的。NQ高的人無論對方是誰，都會吸引支援，甚至日本人也在他們的歷史書上描寫金春秋外貌俊秀、口才便給、性情活躍。

　　此外，金春秋曾以他的口才和機智度過各種危機。他也許能用華麗的言辭令人神魂顛倒，他也許具有政治家與外交官特有的口

才，但這種榮景不會長久，我們只要看看當今的政客就能明白。

　　我們把只會能言善辯，只會到處鑽營、尋找自己所需之人的政客叫做候鳥，也比喻成蝙蝠。但我們相當鄙視這種人，對於像候鳥或蝙蝠的政客，是不會有終身的支援者的，也不會有拿自己的性命拯救自己的平生知己。

　　金春秋早在一千五百年前就已明白這個道理，於是金春秋經由先開口提高了自己的NQ，利用牢固的網路實現了三國統一的夢想，找回了自己祖父失去的王權。NQ高的人可以穩定、成功地開啟自己的人生，難道還有人說NQ不是生存戰略嗎？

　　如果先開口就能提高NQ，那將不會有比這個方法更容易的。像金春秋那麼忙的人，所選擇提高NQ的方法也是首先開口，不要抱怨沒時間提高NQ，先試一試向自己周圍的人開口。

　　在電梯裡先跟他人搭話可能會很不好意思，那向人家微笑總可以吧？好像在跟誰賭氣似的，猛盯著牆壁，然後下電梯，這樣看來也會不舒服的。讓我們學會先開口吧！真能如此，敵人也會變成你的合作夥伴，看來似乎無法與他改善關係的人，會成為你終生的良師益友。

　　也許你會說自己沒有威脅的人，因此不必像金春秋那樣行事，這句話其實並非沒有道理，但現在我們生活的世界充滿著「地雷」，先開口即可避免地雷爆炸，而且能夠提高你的NQ。

厭惡免費的林肯

喜歡免費的態度和權威意識

「每次演出都要折騰半天，在韓國好像稍微有點權勢的人，都把自己花錢買票當成一件羞恥的事，更何況他們還要求貴賓席的招待券。」

這不只是我朋友的故事，韓國的演出企畫者都有類似的經驗。特別是國外有名團體進行演出時，幾乎所有有權勢的韓國人都希望免費得到招待券，這是演出企畫者的共同心聲。最近情況雖已有改善，但看到生活富裕而且有教養的人都喜歡免費東西的時候，真覺得有點啼笑皆非。

曾經有句俗話說：「如果是免費的，漂白水也敢喝。」但要求免費參觀許多人辛苦準備的演出，實在令人覺得不敢恭維。

有一點令人感到憂慮的是，喜歡免費東西的態度背後可能會有「我參觀你的演出是給你面子，還想要什麼錢？」的權威意識。對別人的努力給予正當的代價，絕不是一件權威受損的事，反而能充分顯現自己的權威。

提高自我價值的林肯

下面的故事是廢除奴隸制度的美國總統林肯的故事。林肯是一個從小就不喜歡免費東西的窮孩子，因為貧窮，他甚至沒有讀完小學，但他特別喜歡讀書，經由自學當上了律師。

「不，我在拿什麼作報答之前是不會走的。」

「亞伯，沒關係的，你走吧。」

「叔叔，你讓我做什麼都行。」

「哈哈！這孩子……，脾氣真倔強。」

「如果我就這麼走了，我的心裡會不安的。」

「知道了，那你幫我打掃一下洗手間如何？」

過了一段時間。

「亞伯，你真是一個有責任心的孩子，你將來一定會大有作為。好了，你現在可以走了。」

「可是還沒做完呢。」

「你現在做的足夠付你的書錢，這些書是給你的禮物。」

可能會有一些人不喜歡林肯小時候的故事，因為在他的故事當中，能感受到身為窮人無法接受他人幫助的自尊心，但對於一無所有的林肯而言，清白和自尊心是他唯一的資本。事實上，林肯的高NQ表現在不奢望免費東西的寬大心懷。

不喜歡免費東西的人不是不喜歡接受別人的給予，只是不喜歡

單方面的獲取，此外也不迴避自己的責任。林肯難道是因為覺得沒錢買書的自己丟臉而打掃洗手間嗎？還是為了迎合書店主人的心意，想藉此多看些書呢？

讓我們想像一下，林肯接受了不要求他付出代價的書店主人的好意的話：

「不，我拿什麼作報答之前是不會走的。」

「亞伯，沒關係的，你走吧。」

(稍微猶豫一下)

「那麼，叔叔，等我將來成為優秀的人之後，一定會報答你的恩惠。」

假設林肯做出這種回答之後，是多讀了一本書，而不是打掃洗手間，或許林肯能更早當上律師，或成為更為博學的人，但可能無法成為我們現在所熟悉的林肯，林肯的所有功績都是因為他抓住了機會，也因為他堅持絕不接受免費東西的原則。

林肯在自己的一生當中，沒有擁有過一次好的條件，只不過當他判斷他現在應該要做那件事情時，即便困難，他也會盡量忍耐而完成那些事。這世上有哪個孩子會喜歡打掃臭氣熏天的洗手間呢？打掃洗手間肯定非常辛苦、麻煩，但林肯卻默默地完成了那件事。

林肯NQ提高的因素在於他不奢望免費東西，並且主動找出麻煩和辛苦的事加以解決，先解決難事的人最終將會受到他人的尊

重，滴水不沾並不會提高一個人的品格，林肯雖然親手打掃洗手間，卻也提高了自己的價值。

　　書店主人稱讚林肯說，他將來會成為一個不凡的人物，也不是說說而已。換了別人也會對林肯說那句話，雖然是一個窮人的孩子，但書店主人可能從林肯身上看到了某種威嚴，而且可能對這個懂事的孩子感到由衷的欣賞。得到他人的尊重就是NQ的目標之一，林肯因為不喜歡免費的東西，而很早就得到了他人的尊重。

拒絕名為奴隸制的免費東西

　　當上總統之後，林肯也沒有奢望過免費東西。林肯身為一個白人，之所以克服各種誣陷和反對促進奴隸解放，是因為他判斷再也不能推遲廢除奴隸制。林肯不喜歡以時機未到為由，推延自己該做的事情。

　　林肯肯定承受過「現在不解放奴隸，也沒什麼關係」的誘惑，如果林肯是喜歡免費東西的人，他肯定會接受這些話，但是林肯清楚表達了「分裂的家庭不可能興旺，我認為我們政府不能再繼續維持一半是奴隸，一半是自由人的狀態」的立場。

　　林肯無法接受「奴隸制度」這種免費的東西，因為拿到免費東西的時候雖然會有些壓力，但一旦接受之後就會心情愉快，並且會自然而然地受之用之。但是如果自己接受免費東西的同時，他

人卻遭到損失的話，這不是說明人類社會正在倒退之中嗎？

　　我們的父母會經常說：「有些時候即使你付出，你也會滿心歡喜；但有些時候，即使你接受了別人的東西，你也會心情惡劣。」這句話是說人們通常會想給那些不喜歡免費東西的人更多東西，而連看都懶得看那些喜歡免費東西的人。

　　不期待接受別人的東西，而先給予時，NQ就會得到提高。NQ不喜歡免費的東西，因為自己拿走別人的東西時，人際網路就會崩潰，因為喜歡免費東西的，往往會付出更大的代價。

　　「林肯是一個擁有平均才能的平凡人，但那種平凡在各方面都形成了非常完美的協調，這就好像連一個陌生人也會感到安詳的、擁有非常出色結構的房屋一般。」

　　威爾遜總統對林肯的這段談論，更像是對林肯高NQ的評價。林肯高NQ的祕訣在於他堅持遠離任何免費東西的原則，林肯認為奴隸制是一種免費的東西，奴隸解放之後的國民統合，則是全美國的幸運。具有高NQ的林肯不奢望得到免費的東西，而自己創造了幸運。當找到幸運而不是找到免費東西的時候，NQ就會得到提高。

偉大的傾聽者──釋迦牟尼

佛祖的大耳朵

由於有些人沒有正確解釋「天上天下，唯我獨尊」這句話，使釋迦牟尼看起來與NQ有些距離，其實釋迦牟尼（悉達多・喬達摩）是具有極高NQ的人，他也是早已明白靠夜以繼日的修行，是達不到解脫和得道的隱藏型NQ天才。

有一天，阿難尊者問釋迦牟尼：

「佛祖，我認為與好友在一起，就已得到一半的道。佛祖怎麼認為？」

「阿難，那不是一半的道，而是全部。」

如同上面這段對話，釋迦牟尼斬釘截鐵地表示人際網路是道的全部，事實上，釋迦牟尼的人際網路是跨越時空的多國性網路，釋迦牟尼的高NQ、強大的人際網路祕訣在哪呢？

釋迦牟尼是偉大的傾聽者

想要聽釋迦牟尼說法，而從千萬里遠的地方跑來的人最初不知所措，因為釋迦牟尼不說一句話，就這樣靜靜地坐著，他們當然會覺得不知所措，可是最後誰也沒有離開釋迦牟尼，因為釋迦牟

尼親自聆聽他們的話語。

釋迦牟尼一直聆聽別人的話，好話也聽，壞話也聽，他會聆聽奉承自己的話，也會傾聽當面辱罵他的話。甚至在佛經裡，有如下一段故事。

這是佛祖停留在王舍城郊外竹林精舍時發生的事。有個婆羅門非常生氣地找到佛祖，他要追問他的一個親戚出家當和尚的事，婆羅門非常氣憤地謾罵著佛祖。

但佛祖始終不說一句話，而是靜靜地聽著那人的話。大聲咆哮了一陣的婆羅門罵累了以後，也呆呆地望著佛祖，佛祖此時才開了口。

「婆羅門，你的家偶爾也會有客人來吧？」

「當然。」

「婆羅門，那你會以各種美食招待你的客人吧？」

「當然。」

「婆羅門，如果那時你的客人不接受你的招待，那些美食會成為誰的東西呢？」

「那當然又會成為我的東西。」

「婆羅門，雖然你今天在我面前以各種惡毒的言語招待了我，但我沒有接受。那些又只能成為你的了。婆羅門，如果我聽到你的謾罵之後又以謾罵回敬你，那就是主人和客人一起吃喝玩樂。但我拒絕你的招待。」

　　要跟釋迦牟尼算帳的那個人，當場下定決心要成為釋迦牟尼的弟子，並削髮明志，下流的謾罵瞬間消失，只多了一個想要跟隨釋迦牟尼的弟子。

　　釋迦牟尼既不先說話，也不先教導別人，他總是聽到最後，然後才說出一句話。即使是對自己的謾罵，他也會默默聆聽，釋迦牟尼真是一個偉大的傾聽者。從每一個釋迦牟尼的佛像中，我們都能看到又大又長的耳朵，那個大耳朵正是如實地顯現出釋迦牟尼的高NQ。俗名悉達多・喬達摩的釋迦牟尼耳朵到底有多大，現在無人能知，但無論在韓國、中國、尼泊爾，或世界其他地方，都能發現釋迦牟尼的嘴是緊閉著的，耳朵卻都很大，為什麼呢？因為造佛像的百姓、在佛像面前祈禱的人、以及因佛像法相莊嚴而微笑的人，都不約而同地喜歡能夠聆聽他們說話的人。

　　佛經的第一句皆以「如是我聞」開始，釋迦牟尼非常明白所有事物都從聆聽開始。

「對了和尚」是對的

　　在慶尚南道山間的一處寺廟裡，有一位非常能傾聽的人，他也是和尚，一般人不稱他的法名，而管他叫「對了和尚」。

　　「對了和尚」不會坐在金剛寶座上講授奧妙的佛法，也不解說古今中外的森羅萬象，他只是不停地邊做農事，邊聽別人說話，偶爾會說「對了」，但還是很多人為了見他而排隊。

「對了和尚」很多時候都不是在寺裡，而是在田裡接見從全國各地來的人，人們會坐在或站在整天忙農事的「對了和尚」身邊，向他述說自己的苦衷，讓父母操心的孩子、在外尋花問柳的丈夫、詐騙之後逃跑了的朋友、為公司奉獻一生卻被公司趕出去……，兩小時，三小時，人們不停地述說自己的故事，但「對了和尚」只是默默傾聽，偶爾會自言自語地說「對了」。

長時間傾訴自己故事的人慢慢感到舒心以後，就會跟和尚說「師父，他那麼做應該有他的理由吧？」「師父，我是不是還是該忍？」「師父，是不是我先跟他和解？」等，和尚最後會說「對，對，你說得很對」。

在和尚旁邊花了很長時間，訴說自己苦衷的人最後只聽到「對了」一句話而已，卻沒有得到解決問題的靈丹妙藥，可是他們都覺得說完後特別輕鬆，心裡也舒服多了。因此，下次再有什麼事，又會來尋找「對了和尚」，因為去過的人都知道，那位和尚會一直聆聽自己的話，最後說一句「對了」，這比看起來頭頭是道的話好上百倍，善於聆聽別人話語的「對了和尚」是對的。

釋迦牟尼經常使用不同的語言

釋迦牟尼既是一位偉大的傾聽者，也是一位偉大的傳達者，釋迦牟尼是語言的大師，他會根據聽眾不同，而使用不同的語言。

當時印度使用許多種族的語言，其中有少數特權階層使用的貴

族語言——梵語，以及各種俗語和方言。釋迦牟尼與大眾見面的時候，一定使用俗語摩揭陀語，婆羅門出身的尼姑懇求釋迦牟尼使用吠陀語或梵語，但他仍以摩揭陀語說法。

當王族出身的釋迦牟尼在大眾面前以摩揭陀語說法的時候，大眾都感到驚訝，進而會仔細聆聽，因之釋迦牟尼不再是孤獨的修行者，弟子們、僧侶、貴族以及一般百姓和貧民都陸續進入了釋迦牟尼的網路，因為釋迦牟尼是仔細聆聽的人，而且會站在聆聽人的立場說話之故。

最佳的溝通是不說話

我們每天都淹沒在話語的洪水當中，許多沒有根據的流言徘徊於街頭，無心說出的話成為傷害別人的利器。一句話會給組織、社會、國家帶來風波，也會引起分裂，「話」是人類為了與他人溝通而創造的，但如果「話」給人帶來痛苦，是不是還不如不說呢？

日本的人類學者長島信弘根據資訊（內容）的多少，把交流類型分為「最大資訊型交流」和「最小資訊型交流」。以說服對方為目的、內容盡可能龐大、並以科學和合乎邏輯組合的內容就是「最大資訊型交流」，這種交流的成功或失敗的條件，主要取決於送信者，即發話人的能力，這種類型的交流如宣傳、廣告、辯論等，在西方十分發達。密密麻麻的契約書就是「最大資訊型交流」

的典型例子。

　而「最小資訊型交流」則是包含最少傳達內容的交流形式。也可說是先準確把握送信者所要傳達資訊的本質以後，以少量的語言表現的方式。這種交流不僅決定於資訊的質量，還很大程度地依賴於接收人的理解力。如果傳送者和接收者之間的共同部分越多，交流成功的概率也越多。這種類型的交流在東亞受到尊重。

　美國的文化人類學者愛德華‧霍爾（Edward Hall）也說與西方人相較，東方人的交流「更少的資訊包括在語言資訊當中，更多的資訊包括在環境的脈絡當中」。

　那麼，為什麼東方人在與人對話的時候，更珍惜和發展出說更少的話呢？這可能會有很多種解釋，但最重要的可能是為了避免或最小化「話」可能帶來的社會矛盾，保持社會的協調。孔子不也說過「巧言令色，鮮矣仁」？

　釋迦牟尼是表現出「最小資訊型交流」的最高典範。他不是將資訊最小化，而是以無語傳達意思，「拈花微笑」的故事就是其例子。「拈花微笑」也稱為「拈花示眾」，在《大梵天王問佛決疑經》中有如下紀錄：

　一日，佛陀行化至靈鷲山，時有大梵天王，為令今生、後世眾生獲得利益，以金婆羅華獻佛，捨身為床座，恭請佛陀為眾生說法。世尊登座拈花示眾，與會百萬人大眾皆面面相覷，無法

會意。唯心史觀有迦葉尊者當下靈犀相應，破顏而笑，於是佛陀開口道：「吾有正法眼藏，涅槃妙心，實相無相，微妙法門，不立文字，教外別傳，付囑摩訶迦葉。」

這說明即使沒有一句話，只要心意相通，也可以明白對方的意圖。傳達真理不一定需要說很多話，釋迦牟尼只是舉起蓮花就可以傳遞真理，迦葉只是看到釋迦牟尼所舉的蓮花就明白了他的意思。釋迦牟尼和迦葉的網路都是無須說話即可傳遞心靈的網路，說釋迦牟尼是一個真正的NQ高手的原因就在於此。

巫師治病的理由

還會有哪個國家的占卜和巫俗像韓國這麼發達呢？加入世界富國俱樂部——OECD（經濟合作發展組織）好多年了，但還是有很多韓國人每當有子女考試、丈夫在外風流、作夢不吉利或有什麼疑難雜症時，都會去算命。不僅在彌阿里等老舊社區，在狎鷗亭洞也有新世代的算命館懸掛所謂「四柱咖啡廳」等時髦名稱，而正大行其盛。是真的那麼神準嗎？

我認為其中的奧祕應在於「聆聽」，在急於主張自己的話、只想說服他人的韓國社會，沒有人像算命師或巫師那樣，願意以低廉（？）的價格聽取眾生的嘮叨。

因心神不安，想去大學醫院的精神科接受診察，但因擔心被人

視為精神病患而放棄，即使鼓起勇氣去找醫生對話，也難以超過十分鐘，醫生只會給你一張上面有一大堆問題的測驗紙，然後讓你圈出答案，其間偶爾對你講的話，也都是聽不懂的醫學術語。

教會牧師和教會神父仍然是令人拘束而畏懼的存在，想去寺廟親見一位大師也得花費好大工夫才行。而經常會說「對，對，我的寶貝孫子」的奶奶也已不在人世，連一個聽我訴苦的人都沒有。但現在只要掏一頓餐費，就有人會耐心聽完你所有的嘮叨，這種地方能不門庭若市嗎？

在現代社會的很多疾病當中，有很大一部分是心因性疾病。我們可在《最新醫學》、《神經精神醫學》等醫學學術雜誌裡，找到以巫術治療這種心因性疾病的事例。巫術療法雖然有些原始和迷信，但其中卻有很多精神治療要素，因此可以治癒很多心理疾病，這些事實在國外也已廣為人知。

巫師的巫術能夠治療心因性疾病的原因之一，是因具備「普遍化（universalization）」概念。首先巫師會仔細聆聽患者的話，然後把它解釋成巫術語言，最後演出叫做巫術的戲給患者所屬集團看，此時巫師通過神託或巫歌，告訴患者這些痛苦不只是他們所獨有，那麼患者就會明白歷史上的很多人物和在場的親戚或鄉親，其實都有相同的痛苦，患者就能以此而普遍化自己的痛苦。

這時不僅是患者，參與巫術的其他人也會成為集團治療對象。巫術是為治療患者而進行的，但不是只把患者一人作為治療對

象，還把其家屬、鄰居以及鄉親都作爲治療對象，巫師明白患者
所受的不幸，不只存在於患者一個人身上。

通過巫師的口，可以透露出村裡的問題、女性問題、家族問
題、世代之間的問題等原來隱藏著的東西。而集中在一個人身上
的痛苦，還能透露出其他人的隱蔽問題，這就是巫術的「同一性
（identification）」效果。參加巫術活動的人從被「作法」的人身
上，感覺到他與自己相同，進而會與他同悲同樂，巫師其實是
「傾聽大會」的導演，他讓參加巫術活動的家族、親戚以及鄉親
傾聽、理解、認同患者的苦難、委屈、悲慘的處境。

巫術裡還包含有叫「宣洩（catharsis）」的儀式，作法時，患者
和家族傾訴平常累積的不平和痛苦，並同時哭泣，此時巫師會與
他們一起分享痛苦，巫術快結束時，還會有「祖先道」的程序，
這是巫術中，唯一請祖先進來與患者、家屬直接溝通的儀式，亦
即請來家族的上五代祖宗，魂魄通過巫師的身體與子孫對話，通
過這種儀式，祖先利用巫師的嘴和眼睛，向子孫述說生前未能說
完的話，子孫則可以盡情向祖宗傾訴自己的鬱悶和痛苦。

在這一儀式上，能使最多人流淚的巫師，將被認爲是最爲出眾
的巫師，過世不久的母親和奶奶，通過巫師之口述說埋在心底的
故事，有哪個子孫會不流淚呢？見到過世的父母，而能傾訴很多
從沒說過的話，又會有哪個子孫心情不舒暢呢？患者和巫師、家
族和鄉親盡情哭過之後，每一個人的心情都會特別舒暢。「祖先

道」是韓國文化特有的儀式，它能使死人聽到活人的故事，讓活人聽到死人的話，眞是一個所謂「聽的場所」。

　　在當今這個社會上，說的人很多，但聽的人卻很少，能夠非常清楚地表達自己意見的比比皆是，但能耐心聽取別人的痛楚和痛苦，並能撫慰他人的人卻很難找到。在這個每個人都摀著自己耳朵，只顧表達自己主張的社會裡，民眾眞正渴望的並不是能說的人，而是「能聽的人」。

　　釋迦牟尼多聽少說，有時甚至連一句話都不說，因此能從因話而生出的許多矛盾和煩惱中解脫，也終究成爲全世界的老師。想要成爲領導者的人，請先夢想成爲一個偉大的傾聽者。

名門之家以廚房代言
——慶州崔富豪家門

接待客人需要一千石米

崔富豪的家有韓國最大的米倉，雖說是大地主，但怎麼會需要好幾個能存放八百石米的大米倉呢？

崔富豪一年所收成的稻米有三千石，其中一千石作為家用，一千石用於招待過客，剩餘一千石用於幫助周遭的困難鄰居。一年竟然有一千石稻米是用來招待客人，按照當時的經濟規模換算，這可是巨大的額數。

留宿於崔富豪家的過客最多時曾超過一百名，一百名客人還能留宿於大小客房，但是超過一百名時，則要把客人分散留宿於周圍的奴婢之家，如果不得不把客人分散留宿於奴婢家的時候，一定送給那個客人能充當食物的魚乾和米。

讀趙鏞憲先生的《五百年來歷代名門之家的故事》之後，方解開了對米倉的疑問，米倉都已經如此，廚房就不必多說了，但我還是禁不住好奇而去訪問過慶州崔富豪之家。參觀人家的廚房還是我平生第一次，一眼就可以看出廚房的面積是普通人家的好幾倍。

　　招待客人拿出三分之一，爲百里之內挨餓的人拿出三分之一，能夠拿出自己三分之二財產的人可不是普通的度量。

　　抛開錢不說，每日能爲一百多位客人準備膳食，這在如今都是無法想像的事，簡直可以與現在生意興隆的大型餐廳相比。

　　人心出於米倉，有人會說崔富豪所以能爲招待客人拿出那麼多米，是因爲他家很有錢，也有人懷疑他是不是以接近高利貸的佃租而成爲富豪。

　　當然當時的佃租確實是很高的，收穫七至八成的佃租現在想起來都有點兒可怕。但崔富豪賺錢並不是靠惡毒的榨取，當時崔富豪收取的佃租與一般不同，全部在五成以下，又有誰會厭惡這種家族呢？如果崔富豪家的地增多，農民也會過得舒服，因此期望他家興隆的人也肯定變得越來越多。

　　不只是慶州崔富豪家，各名門家族的飲食沒有不好吃的。如果只在乎自己家庭吃飽與否，怎麼可能維持世代相傳的口味呢？對客人無微不至的招待，造就了名門家族的飲食口味。

　　那麼名門家族對客人的招待和NQ又有什麼關係呢？我並不是說生活富裕的人招待客人就是NQ高，如果是這樣，那家裡沒錢、房子又小的人因其環境招待不了客人，不就是NQ低了嗎？

真誠待客的態度

　　問題在於對待客人的態度上。名門家族之所以能夠擁有獨特的

品格，原因在於他們對來訪客人的眞誠態度，由於眞誠對待客人，因此能夠積德，並能擁有自己獨特的禮法。亦即名門家族懂得先尊重他人，眞誠對待他人，則自己的品格就會得到提升。雖然名門家族不是因爲先算計到這一點才招待客人，但即使其目的就是如此，也沒有人會覺得不妥。

　　NQ也一樣，如果以爲NQ會自行提高，那就是大錯特錯，以爲勤快地多接觸他人就能提高NQ，那也是不對的。NQ不喜歡懶惰的天才，先聯繫、先行動、先尊重、先照顧、先招待時，NQ就會得到提高。名門家族的人在長久的歲月中，徹底恪守了這個原則。

　　名門家族延續了五百多年，在五百年的歲月中，可以經歷任何艱難的歷史。僅僅追溯到一百年前，韓國還是一個亡國之地，其間還分成兩方進行同族相殘，名門家族能沒有考驗和危機嗎？但名門家族卻戰勝了這段歲月，這是因爲在明裡、暗裡幫助名門家族的人相當多之故。

　　崔富豪家族也有過危機，在日帝強佔時期，因持續向金九先生提供獨立運動資金，家族因而倒閉，崔富豪家族一夕之間變得身無分文。

　　此時幫助崔富豪的決定性人士是殖產銀行總裁日本人有嘉，有嘉曾在崔富豪家當過食客，也非常了解崔富豪的善行，有嘉幫助崔富豪，可能是因爲受崔富豪家名聲所感動，但更有力的說法是

擔心因崔富豪家的沒落，而失去朝鮮人的民心。

從1960年開始，一直在漢城經營事業的崔富豪家的宗孫崔炎回憶說：「在漢城開展事業的時候，只要我一說自己是慶州崔富豪的宗孫，每個人都熱情地接待我。」祖先所積累的功德，其子孫得以享受。

NQ就是這種東西，即便不能馬上得到回報，但最後會成爲巨大的利益，即使自己享受不到結果，子孫後代也會享受得到。

如果讓我選擇韓國最高的名門家族，我會毫不猶豫地選擇廚房大、房屋寬的家族，這是招待過許多人的證據。

即便房屋狹小，沒有能力準備豐盛美食又如何？即便簡陋一些，精心爲招待的人放置碗筷就已相當充分。如果不是會影響到家庭生計，餐費最好也是自己先掏，何況拿出自己三分之二財產的富豪都有。

一條壽司又如何？希望先招待客人的心懷，會讓自己的家庭成爲名門家族，NQ高的人家，其心靈的廚房也會寬廣。

做出讓吃的人感覺幸福的料理師 ——劉昴星

站在別人的立場觀察世界

到目前為止，我用了多次「關懷」這個詞，那什麼才是真正的關懷呢？不需要想得太難，《伊索寓言》裡的〈狐狸和白鶴〉就是關懷的反面教材。

狐狸用盤子招待白鶴，而白鶴用長頸瓶招待狐狸，這就是沒有關懷的舉動，關懷不是驚天動地的，關懷是站在他人立場，而不是在自己的立場觀察世界。但關懷也並非易事，因為不是根據自己的判斷服務他人，而是給予對方真正需要的東西。

1839年，清朝決定強力禁止蔓延在中國全境的鴉片，當時中國因英國提供鴉片，導致大量銀子外流，另一方面，鴉片中毒者快速增加，這是國家的危機。清朝把對外強硬派的代表林則徐派往廣東。結果如同清朝的憂心，第二年發生了戰爭，鴉片戰爭帶來了割讓香港等打擊中國人自尊心的後果。

此時著急的朝廷賦予林則徐相當大的權力，其中之一就是「可以策馬進入紫禁城」，有人可能會認為沒什麼大不了的，但是在清朝的歷史上「可以策馬進入紫禁城」的人卻極少，在當時而

言，這可是全體家族都會引以為傲的特權，清朝考慮的不是個人的榮譽，而是允許司令官在非常緊急的時刻騎馬進入皇宮。

但有意思的是，林則徐因為出生於南方，在他的一生中，甚至沒見過馬匹。中國自古就有「南船北馬」這句話，意謂南方人喜歡利用船隻，北方人喜歡利用馬匹之意，因此有些南方人至死沒看過一次馬。

讓這樣的人騎馬進入皇宮，這正是以自我為中心的關懷，雖然是非常榮幸的特權，但對於接受的人可不是什麼榮幸。

《伊索寓言》裡的狐狸和白鶴都為對方準備了美食，但那只是表面上的招待，而不是真心的招待。

對品嘗料理的人的關懷

前些天與兩個女兒讀了叫做《中華一番》的漫畫書，《中華一番》裡的主角劉昴星（台譯「小當家」）是夢想成為中國最好的廚師的十三歲少年，年少的劉昴星與很多名廚所進行的料理比賽，總讓人捏一把冷汗。

在每次關鍵的對決時刻，劉昴星都能勝出的關鍵是他對人，即對品嘗自己料理的人的「關懷」。他既不是有豐富經驗的廚師，也沒有比他人更好的廚具。而且每次決勝負的時候，條件也不太好，對方動用各種不正當手段，有時用暴力，有時甚至經由各種裝備欲使劉昴星落入陷阱，在即使用盡所有的才能也還不一定能

獲勝的狀況下，事前他還要先輸給人家一步。

　　但他最後總會取得勝利，原因是什麼呢？

　　因爲他總是站在品嘗飲食的人的立場製作料理，對方廚師利用上等材料、極高的技術、無法模仿的華麗裝飾展現自己手藝的時候，劉昴星只是堅守廚師的最基本姿態，亦即料理不是廚師炫耀自己才能的工具，而是對品嘗自己飲食的人關懷的表現。扣人心弦的比賽結果往往非常簡單，甚至讓人有些空虛。

　　例如，他決定勝負的手法之一是調整好菜的溫度，使品嘗的人不至於感到特別燙或特別涼。對方炫耀自己技術的時候，沒有多大技術的劉昴星總是站在吃的人的立場，做出簡單的菜，而且總能取得勝利，決定勝負的關鍵因素就是對品嘗自己料理的人的關懷。

　　製作讓吃的人感覺幸福的飲食就是劉昴星的料理哲學，他的料理哲學不是爲了要取得勝利，而是爲了讓人感到幸福，我之所以講這個漫畫主角的原因是，即使是漫畫，也要從中學習應該學習的東西。

第四章

我們的孩子也要以NQ教育

有伴的烏鴉勝過孤獨的白鷺

　　有一句詩是這樣寫的，「白鷺不與烏鴉同池。」我們小的時候，幾乎每個人都曾聽自己的母親說過這樣的話，「你可是白鷺呀，可不能和那些烏鴉似的孩子在一起玩。」

　　在父母心裡，自己的孩子總是與眾不同，比其他的孩子更加特別，比其他的孩子更覺得珍貴，所以不能夠被那些總在外邊胡亂惹禍的孩子給帶壞了。但是父母這樣的做法，實際上是降低了自己孩子的NQ，在這種家庭成長的孩子，不是變得玩世不恭，就是變得非常懦弱。總以為自己的孩子是白鷺，整天擔心他們不小心誤入烏鴉的巢穴，這種類型的父母從現在開始應該要改變了，讓白鷺到烏鴉的玩的池子裡去看看，才是提高孩子們NQ的開始。

烏鴉的眼裡只能看到烏鴉

　　隨便臆測別人的人，也會無視自己；而相反地，尊重自己的人，別人也會尊敬他。「想得到禮遇，先禮遇別人。」這句話是猶太人中流傳的一句金科玉律。

　　「別整天和那些學習不如你的孩子在一起玩，懂嗎？要多和那些學習成績好的孩子做朋友。」「別和隔壁那家的孩子整天在一

起，在一起除了玩還知道什麼？你一定要結交好的朋友啊！」
「那個孩子根本就不行。」

　　或許你也對孩子說過上面的這些話吧？一旦接受了父母的這種
教育，孩子在與別人交往時，就會先從別人的缺點看起。有一句
至理名言說：「豬的眼裡只看到豬，佛的眼裡只看到佛。」反過
來看這句話，覺得其他人都是豬的人，自己也漸漸地變成豬。從
別人的缺點開始認識，這本身就是一個缺點。一定要從小就訓練
孩子們注意其他孩子的優點，這樣才能認識自己，認識他人，並
學習他人的優點。

　　現在學習成績不如自己孩子的那個鄰居小孩，誰能知道他以後
會成為大企業家，還是職棒的明星呢？而即使無法成為那樣的
人，又有什麼關係呢？他可以成為我們孩子最親密的朋友，在我
們孩子遇到困難時伸出援手。而現在父母無心的一句話，很有可
能使孩子失去這個朋友。

　　父母們還是不要站出來，做那些降低孩子NQ的事情吧！孩子
們和誰做朋友，親密到什麼程度，都讓他們自己作主吧！

對孩子慎言「你要小心！」

　　許多父母都會在孩子一進門的時候，對他們說：「小心你的某
某朋友！」熟悉這種話的孩子會對人產生警戒心理，也會因此而
被別人另眼對待。父母越常說「小心」，孩子就會變得越膽怯，

而「膽怯」與「NQ」是成反比的。

對別人充滿警戒心理，看不起那些稍微不如自己的人，這樣的孩子一定會受到別人另眼對待的。我們一定要知道，如果我的孩子遠離了別人，別人也會排斥我的孩子。種瓜得瓜，種豆得豆。

為什麼父母不能對孩子說：「今天去結交很多好朋友吧！」如果孩子們經常聽到這樣的話，就會很自然地交到好的朋友，會主動靠近那些他們想與之親近的人。從這時候開始，孩子NQ的提高就只是時間問題了。

現在是孩子們停止「小心別人」的時候了，現在也是父母們要小心對孩子說話的時候了。

小瘦子和大胖子是最好的搭檔

對孩子們來說，與其找那些與他們自己十分相似的人做朋友，倒不如讓他們試著與那些和自己不同的人交往。只和那些與自己有相似的個性、相似的外貌、相似的個子的人交朋友，既沒有意思，也沒有發展。

相似的兩個人是不會在一起很長時間的，而小瘦子和大胖子，兩個完全不同的人一起站在舞台上，絕對會是一對好搭檔。

與那些和自己完全不同類的人交朋友，會使自己離成功更近一步。烏鴉和烏鴉聚在一起，白鷺和白鷺聚在一起，是不會看出誰更黑一點、誰更白一點的。孩子和那些與自己相似的朋友在一

起，相互競爭，只會讓孩子覺得疲倦，而NQ也會隨之下降。孩子如果哪天把一個怪朋友帶回家，請千萬別責怪他，而應該高興才對。

膽子大的孩子才是真正的白鷺

認為只有自己的孩子是白鷺，別人的孩子都是烏鴉，這樣的偏見只會讓自己的孩子變壞。井底之蛙是不會知道這世界有多大的，即使知道，也會因為害怕而不敢出去，孩子也是一樣的。

總是不滿意自己的孩子與那些學習不如他好的、長得不如他漂亮的孩子交朋友，這樣的父母會把孩子變成井底之蛙。一隻美麗的白鷺獨自站在湖水裡，看上去的確非常孤傲超然，但那隻白鷺是多麼孤單啊！

在這個國界漸漸消失，世界漸漸變成一體的時代，只選擇那些與自己有相似水準、相同條件的人交往，是一件有違時代發展的事情。和誰都能夠親近、在怎樣的場合都能適應的孩子，才能得到這個時代的歡迎。所以說NQ高的孩子才是這個時代的首選。

那些培養孩子具備不畏懼烏鴉的勇氣的父母，才是真正在培養白鷺。

讓孩子能常結識好的長輩

　　孩子的NQ掌控在父母的手裡，想提高孩子的NQ，一定要經常招待客人，這樣才能讓孩子有機會遇到「有益的長輩」，沒有會教孩子做壞事的大人，他們只會告訴孩子努力學習，不要和朋友打架，稱讚他們善良。

　　經常與長輩見面是提高孩子NQ的捷徑。

　　但在家裡招待客人的時候，千萬不要讓孩子們只是問候一聲後就回自己的房間去，那樣的話，即使再努力地在家裡招待客人也沒有任何意義。在招待客人的過程中，提高孩子的NQ有以下幾種辦法。

真誠地接待

　　無論是招待的人，還是受邀請的人，都應該用最真誠的態度來盡力看待這次邀請。看到父母這種真誠待人的樣子，孩子們就會開始提高自己的NQ。

　　無論客人有沒有讓人羨慕的職業，都給予真誠的接待吧！因為對孩子來說，所有的長輩都是了不起的人。

讓孩子事先了解客人的概況

「明天要來我們家作客的是爸爸的一位朋友，看起來雖然有點可怕，但熟悉了以後，就會覺得他眞是個非常有意思的人。電動打得非常棒，溜冰也溜得漂亮極了。」

以這種方式給孩子一些客人的資訊，讓他們對客人充滿期待，這樣孩子們就會思考當客人來的時候，自己要怎麼行動。客人來的時候，孩子就比較會不害羞，並且可以歡迎客人。經由對客人的事先了解的準備過程，孩子對人的態度就會完全不同。

最好的服務生是孩子

讓孩子直接體會招待客人的樂趣吧！當家裡來客人的時候，孩子只問候一下，之後就回到自己的房間，這種方式僅僅是問候，而不是見面。應該讓他們做一份接待客人的工作，遞盤子，或是送水果，或是詢問客人還有什麼需要，都會使孩子的NQ提高。經由這樣的機會，孩子們才能體會到全心爲別人服務時的快樂。如果孩子討厭做這樣的事情的話，那麼從現在開始，就有必要反省一下家庭教育的問題了。因爲父母沒有培養孩子的NQ，所以才會出現這樣的反應。那麼從現在開始就應該試著有所轉變了，經過幾次直接地參加招待客人的活動，相信孩子的態度會發生變化。

任命孩子為晚會的經理

　　試著讓孩子製作晚會的菜單和節目表吧！與其讓孩子遞送已經準備好的食物給客人，不如讓他們自己積極地動腦筋，去想怎麼招待客人。NQ高的孩子會非常高興承擔招待大人的工作，在準備過程中，不要常常想干涉他們，一定要等到孩子把菜單和節目表都完成的時候再看。孩子們一定會做出超出父母的想像、了不起的菜單與節目表的。

孩子的房間裡有很多可以給的禮物

　　客人當中如果有孩子的話，讓自己的孩子送一份禮物給小客人吧！這種迎接客人的心情，會讓孩子覺得更高興。讓他們在自己的玩具中挑選一個送給同齡的朋友。玩偶也好、遊戲機也好，這樣可以讓孩子改掉那種「禮物一定要買新的送人才好」的陳舊觀念。只要能分享快樂的心情，可以在任何時間送給別人禮物。孩子如果在開始的時候覺得送別人禮物很可惜，那就給他們買更多更好的玩具吧，這是那些使自己孩子的NQ變低的父母們，所必須支付的最少罰金。

晚會從現在開始

　　父母在客人走了以後，可以和孩子們一起討論對客人的印象，

今天在接待客人時，什麼地方做得不足、什麼地方做得好？問問孩子們，和從前只能根據父母的話進行想像的人直接見面後，有什麼樣的感觸？當然，父母應該誘導孩子多稱讚客人的優點，「他真有意思，是不是？」「那個孩子真有禮貌」等。孩子或許會從中發現客人好的一面，他們會稱讚說：「因為那位叔叔把菜都津津有味地吃掉了，所以我的心情非常好。」「我今天送玩具給她的那個小朋友，她的衣服可真漂亮。」「阿姨把我喜歡吃的東西都先挑出來給我，我覺得她待人真親切。」等。孩子在發現別人的優點這方面的能力，比大人還要優異。而且關於客人的談話，會讓孩子們長時間記住客人，說不定他們有一天會向父母說起他們記憶中的某個人，並希望能招待他們。這個時候，我想你可以不用擔心孩子的NQ了。.

常在家裡招待客人的話，孩子們可以認識更多的「好長輩」、「好朋友」，那麼就不會發生如同前面所說的，客人來的時候，孩子只是問候一句，就躲回自己房間的事情了。當孩子覺得在自己家裡招待「好長輩」、「好朋友」是一件快樂的事情的時候，NQ也會隨之提高。因此想提高孩子NQ的父母，不要覺得在家招待客人很麻煩，讓孩子經常和「好長輩」、「好朋友」見面吧！

服務生（waiter）的意思雖然是招待別人、服事別人的人，但以前也有「等待的人」的意思。讓我們培養孩子成為能夠等待客人、真誠地為客人服務的最好侍者吧！

為孩子製造後援者

能夠愉快地成為我孩子的後援者的人們

我的大女兒在念中學三年級的時候，曾經為自己今後的發展方向苦惱過，她想專攻美術，但是自己又不能夠確信，抓不到頭緒，因此非常徬徨。畫畫到底是怎麼一回事？畫家到底是什麼職業？最近的潮流又是如何⋯⋯對這些問題她似乎考慮了很多。

當然，對女兒學習美術這件事情本身，我和我妻子，還有我那位酷愛收集國畫的父親，都對此非常贊成。但問題是，我們對這個行業一無所知，沒有辦法給女兒詳細的、有益的建議。恰巧我因聚會而認識了一位畫家韓婕瑪女士，便和她談了一下，非常感謝她在百忙之中抽出時間，並給了我非常多的建議。

而在這許多寶貴的建議中，直到現在仍讓我覺得是最棒的建議是，她要我帶孩子一起去見我們的前輩朋友——C&S設計研究所的金俊起所長。當聽到這個建議的時候，我真是忍不住拍手叫好。

金俊起前輩是主題樂園、博物館等空間造型設計領域中，具有獨特風格的頂尖設計師。不僅如此，他還對文化具有深刻的理解，為人溫和，平時就是一位我相當尊敬的前輩，我當時就給他

打了電話，他也爽快地答應了。

　　一週以後，我按照約好的時間，帶著女兒去他漂亮的工作室。他對待我的中學生女兒就像對待藝術家同事一樣，給她用大人的杯子喝茶，帶她參觀工作的地方，不僅如此，還為她詳細地說明自己的工作，並且帶她到工作室附近的飯店去吃美味的披薩，同時給她講美術到底是怎麼一回事。雖然那天以後也麻煩了他很多次，但我和我的女兒對那天的事情都懷著深深的感謝。之後我女兒確定了今後努力的方向，也開始了非常愉快的美術學習，連眼睛也閃閃發光，我看了心裡非常安慰。

　　建築家李一勳的女兒專攻新聞，他常因女兒今後發展的問題打電話給我，我有時開玩笑說：「像您這麼卓越的建築家的女兒，即使讓她待在家裡，也會有發展的。」他回我說：「喂！金教授，你家以後蓋房子的時候，是不是也不跟我商量就直接蓋？」這句話說得太對了，父母對孩子也會有愛莫能助的時候，此時就讓NQ變通一下吧！

　　孩子總認為父母是世界上最了不起的，但即使是最了不起的父母，也並不是在所有的方面都是頂尖，此時不需要用言語多作說明，而是直接讓他們認識一些像父母一樣了不起的人吧！他們當中就會有孩子厚實的「後援者」，對孩子而言，隨著更多優秀後援者的出現，孩子的NQ也會隨之發生變化。

自己先成為別家孩子的後援者

　　或許有些父母會憂慮，到何處去尋找能夠把我的孩子當成他們自己的孩子，而給予愛護和引導的後援者呢？我勸這些父母別提什麼後援者了，還是直接放棄孩子的NQ吧！絕非先去尋找自己孩子的後援者，而是先去成為別家孩子的後援者，孩子的朋友也好，鄰居的孩子也好，如果是朋友的孩子那就更好了。

　　自己先成為別家孩子的後援者後，就可以了解「後援」到底應該怎麼做？也可以很容易地找到能成為自己孩子後援的人。如果自己不為別人做什麼，而只是期待別人來關心自己的孩子，那麼，孩子的後援者一輩子也不會出現。

和朋友見面的時候多談談孩子

　　如果常炫耀自己的孩子，會被別人當作是傻瓜，但又有什麼關係呢？只要能找到好的後援者，做傻瓜也不成問題，但別經常炫耀，還是常與朋友談談孩子的話題吧！

　　「我家孩子突然要上音樂系，我不知道怎麼做才好。」

　　「我孩子想去讀高商，說這樣才能早點賺錢，你覺得如何？」

　　「孩子最近一點精神都沒有，也不太說話，真是擔心，不知道是不是發生了什麼事。」

　　類似這樣，和朋友一起商量孩子的事情是非常有益的，朋友可

以直接給你一些建議，也可以把他們認識的人介紹給你。

「我們家老二專攻鋼琴，下週讓你孩子到我們家來一趟吧！」

「以前我功課也不怎麼好，那時覺得做生意有意思，就去念了商高，週末我去看看你孩子，和他談談。」

「孩子大了都是那樣的，不用擔心，我們兩家人一起去旅行怎麼樣？呼吸呼吸新鮮空氣，孩子就會有精神了。」

在一般情況下，聽到朋友因為孩子的事情苦惱時，不會有人只坐著而不給點意見的，萬一對方真的只是坐在那裡聽的話，那就證明你平時的NQ有問題，如果你沒有一個能夠給自己孩子激勵的朋友，那你就應該檢討一下自己的人際關係了。

發展孩子與後援者的關係

絕對不能認為只要把後援者介紹給孩子，自己的任務就結束了，而應繼續觀察自己孩子與後援者的關係如何維持。

「和那個阿姨見面，感覺怎麼樣？我說過她人很好吧？」

「那哥哥很親切吧？他懂很多東西喔！」

「爸爸的朋友是不是很詭異？看起來和你還真投緣呢！」

用這種方式先聽聽孩子和後援者見面後的想法。

而且最好告訴孩子，從下次開始，他們要自己去找他們的後援者，不是在遇到父母不能解決問題的時候才去，要讓他們知道，還有其他人也在關心他們，那麼孩子就會覺得，自己的後援者不

是爸爸的朋友、媽媽的朋友，而是和自己非常親近的叔叔、喜歡自己的阿姨。

留心觀察孩子是否常與自己的後援者聯繫，和後援者見面後，他們自身有什麼變化？能不能成為引導、幫助孩子的後援者，已經決定孩子和後援者之間的關係了，而歷經這樣的過程後，孩子的NQ會跨上一個新的台階。

後援者會衍生出新的後援者

接受後援者幫助的孩子，會非常感謝父母與後援者，他們會更感謝介紹偉大長輩給自己的父母，並以父母為榮，也會真心感激那些關心自己、幫助自己的後援者。

父母一定要常常讓孩子對自己的後援者表示感激，確認他們沒事的時候，會不會打電話聯繫？有好消息的時候是不是先向他們報喜？最終一定也要教導孩子成為別人的後援者，要讓孩子知道，接受了幫助以後，不是要償還，而是要再傳遞給其他人。父母也不妨偶爾問問孩子未來想成為誰的、如何的後援者？後援者會衍生出新的後援者，如此一來，孩子的網路將會無限度地擴張，而且這樣的孩子NQ不可能不高。

與其給孩子一個盲目、抽象的目標，倒不如給他們一個榜樣，告訴他們在完成目標以後，就會成為怎樣的人。雖然讓孩子讀古籍、看雋永的電影、聽世界名曲都是非常好的事情，但是讓他們

親眼看到在我們活著的這個世界上，確實存在活得精采的人、善
良的人、勤奮工作的人，這才是父母送給孩子最珍貴的禮物。

與孩子的朋友成為朋友

　　如果孩子從未帶他的朋友們來家裡玩的話，請馬上對孩子的
NQ進行檢測，如果孩子從不給他的朋友們打電話，或他的朋友
們也沒打過電話給他，那麼問題就更嚴重了。這些問題的發生，
責任是在孩子的父母身上，因爲父母沒有試著去認識孩子的朋
友，也沒有試著與孩子的朋友們交朋友。叫我和差距三十歲以上
的自己孩子的朋友成爲朋友，這是什麼意思呢？

經常見面才會越來越親近

　　經常招待孩子的朋友們吧！如果可能，最好至少一個星期能夠
邀請孩子的朋友來家裡玩一次，如果不是吃飯時間，那麼千萬不
要忘記準備充足的零食以招待孩子們。不要擔心會花掉很多錢，
因爲孩子們不會向你要求高級的料理，也不會吃掉很多的東西。
而且，總有一天，孩子的朋友們會以數倍於他們曾接受招待的
量，回報給你的孩子。當然你們也會和孩子的朋友越發親近。

　　沒有孩子們會討厭每週都請他吃飯，還給他很多零食吃的朋友
的父母，不要對從不帶朋友們來玩的孩子說：「你爲什麼沒有朋
友？」而是要跟他說：「這星期六我想招待你的朋友們，你覺得

怎麼樣？」父母要先創造讓孩子提高NQ的機會。

應讓孩子和朋友們一起做作業

當孩子把他的朋友們帶來家裡做作業時，請一定要稱讚他，如果這時訓斥孩子說「學習應該獨力完成」的話，孩子與孩子的朋友們必然會對父母產生恐懼，從而不會再聚在一起。如果孩子們說「要一起做共同課題」的話，那父母應該更加高興，此時，如果父母能夠和孩子們坐在一起共同做作業的話，效果會更好。父母不要只是單方面地對孩子進行教導，而是要不分大人、孩子，共同參與。

剛開始時，可能孩子們會對父母的參與感到不自在，但是只要父母願意和孩子們一起做作業的話，孩子們的心胸就會馬上敞開。不要忘記稱讚孩子們奇特的想法，就算孩子們的想法不正確，或說了一些無法理解的話，也不要輕視他們。此外，要與孩子們一起找資料，互相問答，一起完成作業，如此，孩子們的表情也會越變越輕鬆，也不會感到在別人家裡跟大人在一起的拘束感。完成作業後不要馬上把孩子們送走，讓他們在家裡多玩一會兒，此時父母起身離去也無妨。

都是珍貴的孩子

最重要的是，父母一定要像對待自己的孩子一般對待孩子的朋

友們，如果對待孩子有差別，孩子們會非常敏感，並很快就能察覺的。當孩子的朋友們想到「朋友的父母待我們跟他們自己的孩子沒有什麼兩樣」的時候，他們會相當感動，進而也會產生經常到這個朋友家玩的念頭。相反地，如果父母只對自己的孩子表示關心，而對孩子的朋友們表現冷漠，甚至露出厭煩的表情的話，那麼孩子的朋友們以後再也不會到這個家來玩了。無論是哪個孩子，在自己父母的眼裡都是非常珍貴的。孩子們會想：「如果在朋友的家裡不能得到朋友父母很好的招待的話，那還不如在家附近的遊樂場所玩一玩還比較好。」絕對不會有一邊看著朋友父母的臉色，一邊還不斷去那個朋友家玩的孩子。

　　想讓孩子的NQ下降，把孩子變成沒有朋友的方法就是每天保護他。有些父母抱有這樣的想法：「可以允許自己家的孩子打人，但決不允許自己的孩子在外面被欺負。」如果不改掉這樣的想法，是不可能讓自己的孩子培養出高NQ的。高NQ的父母會對孩子說：「挨打的人能夠安安穩穩地睡覺，但是打人的人會一整晚睡不踏實。」如果對待孩子的朋友們都能像自己的孩子一樣的話，那麼孩子的周圍會出現越來越多的朋友。

注意孩子跟誰一起玩

　　要關心孩子和朋友們每天在一起玩些什麼。最近出現的網路、線上遊戲等都能讓孩子們自己一個人玩一整天，如果孩子開始喜

歡自己一個人玩的話，那麼他就不會再想跟朋友見面、一起玩了。讓孩子玩一些需要兩個人以上的遊戲，或經常送他們去參加露營也都是不錯的方法。如果孩子有了新朋友的時候，父母要對孩子說：「爸爸媽媽也非常想見一下你的新朋友。」然後找個機會讓孩子把他的新朋友帶來家裡，直接招待孩子的新朋友，使他感到開心。經常問候孩子的朋友也是非常重要的，如果父母不知道、不關心孩子的社交關係的話，那就如同完全放棄孩子的NQ培養一樣。如果父母不認識自己的朋友，就算自己和朋友之間出現問題時，也絕對不會向父母透露的。

　　NQ高的人的朋友們，大部分也會稱呼朋友的父母爲「爸爸」、「媽媽」，現在隨著你怎樣對待孩子的朋友，十年或廿年後叫你「爸爸」、「媽媽」的人數也會有所不同。現在一般家裡最多也不過就生兩個孩子，一般都只有一個孩子，現在是就算有兄弟姊妹，仍然感到孤獨的時代，我們更不能讓孩子們從小就開始孤獨。爲了給孩子找到終生的朋友，父母是需要在一旁努力的，爲此，父母要先成爲孩子朋友們的朋友。

經由跑腿，讓孩子體會到工作的樂趣

　　孩子越經常跑腿，他的NQ越高。跑腿是用自己的身體爲別人服務，爲了別人而努力工作時，NQ就會不斷提高，但當然也不能因此而讓孩子們做太多的事。

向孩子求助

　　不要總讓孩子做事，而應向孩子求助。無論大人或孩子，如果總是單方面地被要求做某件事情，心情都會不快，無論是簡單的或困難的事情，就算是叫孩子做一件有趣的事，在某一瞬間也會產生厭惡感。

　　不要說：「把報紙拿來！」而要說：「爸爸有些累了，拜託你一件事，能不能把門口的報紙幫爸爸拿過來？」這樣才能讓孩子知道自己對爸爸是有幫助的，也能讓孩子感覺到幫爸爸拿報紙是對疲勞的爸爸的一種幫助，從而讓孩子在不抗拒的心理下做一些事情。

不要在孩子完成任務後背叛他

　　孩子在完成任務後，父母一定要稱讚他，不要只是在他跑腿的時候跟他好好說，在跑腿後也不要吝嗇跟孩子說「謝謝」、「辛

苦了」、「太了不起了」等稱讚的話。如果孩子做完事情後，連父母都轉過身裝作不知道的話，那麼孩子就再也不會為你服務了。無論是多小的事情，只要自己做的事情能夠得到別人的認同，那麼孩子就會有為別人服務的意願。

要傾聽孩子的「跑腿感言」

當孩子跑完腿後，要讓孩子說出自己的體會，「雖然工作很累，但是把花盆移開以後，心情很好吧！家裡一下子就變得不一樣了，你有什麼感覺？」在把事情做完後，詢問他的感受是很重要的，孩子剛開始可能會覺得麻煩、厭惡，但自己也會產生一種充實感，當孩子把感受說出來時，成就感與自信心就會加倍成長。

笑著工作

要讓孩子邊笑邊工作，如果孩子都已經開始工作了，還皺著眉頭，露出一副不情願的樣子，反而會讓孩子的NQ逐漸降低，那還不如不做。無論是大事還是小事，幫助別人的時候，要像自己的事情一樣認真，要以快樂的心情去從事，告訴孩子們邊笑邊做才能更快完成，而事實也是如此。

不要報酬的勞動者

孩子工作後，不要讓他得到任何報酬或代價，並且要教導他，當他爲別人跑腿後，別人如果要給他報酬或禮物時，他應該鄭重謝絕。

我們的父母即使在艱苦的歲月中，也教育我們：幫完別人，不許拿人家的任何東西。父母們也是去別人家幫完忙後就立刻回家，而不拿人家任何報酬，是因爲不想給被幫助的人增添任何負擔。

跑腿也是一樣，要教導孩子如果被幫助的人要拿東西給你的時候，你要說「我是因爲喜歡才做的」、「非常高興」、「反倒是我學到了很多」等謝絕的方法，沒有人會說這樣的孩子太過放肆的，要從小教育孩子「幫助別人，不要報酬」的道理。

勞動也有規則

要讓孩子養成主動找事情做的習慣。在家裡經常會問：「媽媽，有沒有什麼需要我幫忙的？」的孩子，他的NQ也會很高，在別人的指使下做事，與自己主動去工作有非常明顯的差異，高NQ的孩子會主動去找事情做。

「有沒有什麼需要幫忙的？」

「沒有我可以幫忙的嗎？」

「有事的話，隨時跟我說！」

「朋友不幫忙，還有誰會幫忙？」

會給自己找工作做的人，無論到哪都會有要做的事情，也會有他的一席之地。「懂得付出的人總是在付出，懂得幫助別人的人總是在幫助別人。」如果總認為就算是有事，也不會有人來找我幫忙的話，那麼真的就不會有任何人來請求幫忙。要讓孩子養成環顧四周的習慣，但這樣的習慣並不是一天兩天就能養成的，父母需要教導孩子，當然，如果父母也一直是這樣做的話，孩子也會很快地養成這種習慣。

不要擔心孩子總被使喚做這個做那個，將來會一輩子操勞，這只是杞人憂天罷了，這並不是勞碌命，而是NQ高的表現。現在雖然辛苦，但將來肯定會擁有更多的回報，不要總擔心孩子吃虧了怎麼辦，經常使喚他做各樣的事情吧！

爲別人流汗

　　常常做義工的孩子，他們的NQ也一定很高。越是親身去幫助那些處境困難的人，孩子的NQ會越高。事實上，比起使喚他們工作，義工的層次要更高一些，因爲跑腿是被別人指使的，而義工卻是自己主動去做的，而或者在被指使工作的最後階段，即是義工奉獻的開始亦未可知。如果孩子對義工活動感到厭煩，請不必擔心，因爲沒有孩子會拒絕和父母一同去參加義工活動的。

義工活動，開始是成功的一半

　　先和孩子討論一下，要去哪個地方做哪些義工活動吧！父母可以先向孩子介紹幾個義工團體，然後問孩子想去哪裡？如果可以的話，加入孩子想去的義工團隊最好。

　　去做義務工作的時候，父母不要硬拖著孩子一起，即使是NQ高的孩子，在剛開始時，也會對義務工作持厭煩態度。

　　聽聽孩子怎麼說吧！並把決定權交給孩子。此時，孩子會認爲自己是義務活動的主體，對這個事實有了認知後，他就會愉快地參與了。

信守承諾，孩子才會跟從

定期做義工活動是非常重要的，如果想找到全家人都有空的時間去服務的話，一年也就只能去個一、兩次，這是一個連念幼稚園的孩子每天的行程也都非常緊湊的時代。先決定一個月去幾次，然後在決定的日子去服務，風雨無阻，定期、認真地做義工服務，會讓孩子覺得義務服務是生活的一部分，孩子也會認識到，「信守承諾」是一件多麼重要的事。要讓他們認識到，義務活動不是人們用來做表面工夫的特別活動，而是自己自覺要做的事情，正確地按照約好的時間去做義工，孩子在那個地方的朋友也會增加。

聯絡也是一種奉獻

不做義務勞動的時候，也常和孩子一起問候那裡的人吧！父母應該養成孩子與人保持聯絡的習慣。不只是認真地服務，也要幫助孩子在義務勞動的過程中，建立與他人良好的關係。此時，孩子的NQ會更加提升。

「上次去義務勞動時，碰到的那個哥哥，最近過得好嗎？」

「這個禮拜我們在家招待上次義務勞動時遇到的那家人，怎麼樣？」

「我們給上次離開時那個哭了的孩子寄幾張你的照片好不好？

最好是順便給他寫封信。」

父母應該製造機會，讓孩子持續關心他們在義務勞動中結識的朋友。

稱讚孩子的義務勞動，認同孩子的付出

每次做完義務勞動回來，不要忘了問孩子，在哪些方面覺得累，有什麼覺得有意思的地方，服務時認識的人怎麼樣等等，每次都要傾聽孩子怎麼說，父母如果能對孩子的義務服務給予稱讚，那是再好不過的了。

「你一邊笑著，一邊打掃，看起來真的很棒！」

「那位老爺爺身體不太舒服，可是因為你在旁邊服事他，他看起來健康多了。」

認同孩子的付出，稱讚他做得好，孩子就會期待下次去義務服務的日子。

義務勞動永無止境

一定要告訴孩子有很多可以服務的地方，在這個世界上，有很多需要我們服務的地方，我們家人只不過是在這許多的場所中，找一個地方服務罷了，千萬不要因為做了一點好事就驕傲。參加義務服務一段時間以後，建議孩子換一個地方奉獻，再找找其他可以做的事情。

　　NQ高的孩子在幫助別人的同時，也會非常謙虛，而且會越來越努力幫助別人，因爲他們知道，幫助別人是沒有終點的。而且要教導他們，珍視並與那些因幫助他們而結緣的人保持聯絡，如果認爲幫助別人一次，就已經足夠了的話，這種人和NQ的距離還相差甚遠。重視現在所擁有的緣分，並想辦法幫助更多的人，他們才是眞正懂得NQ爲何的人。

　　這樣的想法與實踐不是一朝一夕就可以完成的，而是從小就和家人一起認眞、眞誠地幫助別人，製造與他人成爲朋友的機會的人才有以致之。覺得自己可以幫助別人，還有什麼比這個事情更有意義？這星期就和家人一起去當義工吧！現在就和孩子一起尋找義務服務的地點吧！

現在看到鍋蓋大吃一驚，將來才不會被烏龜咬到

只想存錢、節省的孩子NQ不會高，因為他會經常在為別人花錢的事上顯現出吝嗇的一面。從小就養成不願花錢習慣的孩子，會喪失在何時、何地用錢的判斷力。要給孩子浪費的機會，在擁有過大把大把花錢、吃虧的經驗後，這個孩子以後就不會再亂花錢了。如果想把孩子教育成一個懂得如何花錢的人，不要給孩子買什麼撲滿，而是要沒有理由地給孩子一些零用錢。有句俗話說：「看到烏龜大吃一驚後，看到鍋蓋也會吃嚇一跳。」父母應先讓孩子看到「鍋蓋」的威力，如此孩子才不會被「烏龜」咬到。

給孩子大筆的錢

不要每天給孩子零用錢，直接把一個月的零用錢一次給孩子，讓他按照自己的想法使用。如果每天或每星期給零用錢的話，那麼就會常常談論到錢的問題。問過孩子一個月需要多少零用錢後直接給他，如果能再多給一些錢，那麼會產生更好的效果。孩子不會一個月向父母要五十萬、一百萬的零用錢，不需多言，直接多給他一些錢，會讓他感到驚喜的。

過分干涉會毀了孩子

千萬不要干涉孩子花錢，就算是孩子一天就把一個月的零用錢都花光，也要裝作不知道，不管孩子把錢用在吃的上面，還是用在玩遊戲上面、或者請朋友們吃飯，「不聞不問」才是最好的因應方法，在孩子向父母告白錢已經花光了之前，什麼也不要管。

剛開始時，孩子會抵不住誘惑，胡亂花錢，一個月當中，大部分的日子會成為一個窮光蛋，但這些對於孩子都是好的經驗。不僅如此，他也會了解錢是什麼，也能馬上知道擁有多少錢也不夠的真理，孩子慢慢就會比大人們還要懂「錢要花在刀口上」這個道理。我在社會上從未見過吃完飯後，為了不掏錢而在一邊慢慢綁鞋帶的人會成為富翁，也沒見過這種人會成功。不要讓孩子將來因為捨不得花錢而錯過了遇見好人、好運的機會。想讓孩子成為會花錢、NQ高的人的話，那麼就先讓他隨意使用零用錢吧！

額外給予購買禮物的費用

如果可能，額外給予孩子買禮物的錢，也就是說在孩子零用錢以外，再給他買禮物的錢的意思。在孩子買禮物方面也不要干涉，不管是給朋友買生日禮物，還是送給他喜歡的演藝明星的禮物，給孩子足夠的錢，鼓勵他買禮物。但要事先和他約法三章，讓他保證不會把這些給別人買禮物的錢用在自己身上。

　　剛開始，孩子會有用禮物收買人心的想法，但送過幾次後他就
會明白「用禮物不能買到人的心」、「施比受更有福」的真理。
孩子也會慢慢地懂得怎樣正確使用錢，這時，孩子可能會把父母
當作他社會關係交往的對象，並買禮物給父母。

再痛快地花一次

　　如果給了孩子零用錢後，就不再過問他如何用錢，有一天這孩
子會去找父母，並提起錢的事，有的孩子會告訴父母他上次的零
用錢是怎麼花掉的，有的孩子會再次向父母要零用錢。這時，不
要多說什麼，孩子要多少就給他多少吧！

　　再一次給孩子足夠的零用錢和買禮物的錢吧！這次孩子會跟第
一次不同，一定會節省使用的。觀察一段時間後，把孩子找
來，跟他討論一下花錢的感受，無拘無束地花錢有什麼好處？壞
處是什麼？傾聽孩子的想法。就算孩子一直把錢用在購買垃圾食
品上，也不要責怪他，反而要稱讚他，如果一整個月把錢全用來
買垃圾食品，他一定會明白垃圾食品對人體的壞處，這要比嘮叨
他一百遍還有用。小時候花錢如果有吃虧的經驗，那麼今後他就
不會再犯相同的錯誤。

讓孩子直接看看花錢的方法

　　此時，孩子和父母在一起的時候，他會開始留心觀察父母的消

費方式，父母最好能把錢用在哪些地方，為什麼要花這些錢的原因告訴孩子，孩子也會與自己的消費方式作比較，並向父母提出他的疑問，要耐心地向孩子解釋，千萬不要責備孩子。

但如果有買禮物的機會，父母最好跟孩子一起去。無論是父母買禮物，還是孩子買禮物，只要有這樣的機會，就一起去挑選。要讓孩子知道買禮物不僅是買一個東西，跟他討論買什麼樣的禮物，並針對他要送的對象作討論。在可能的情況下，禮物要挑選好一點的，亦即在經濟允許的條件下，盡量買好一點的禮物。如果遇到特別喜歡的物品，但錢又不夠的情況，父母要和孩子一起試著去尋找一些可以便宜購買的辦法，要讓孩子看到父母上網、去打折商場努力尋找的過程，同時也要讓孩子參與，這對於已經有過購買禮物經驗的孩子來說，是一個讓他能夠正確學習如何購買禮物的好機會。

也許有人會說，連生活都很吃力了，哪有閒錢給孩子買禮物？說這話的人要牢記，如果想正確教育孩子，先讓他直接試著去花錢。不要在私底下為孩子辦一個存摺，然後每月往裡面存錢，而要讓孩子試著「浪費」一次，然後孩子自己說要存錢時，再給孩子辦一個存摺，這樣也為時不晚，生活也不會因此而變得困難。

能夠為別人無條件地花掉自己錢的孩子，並不只是會為別人花錢而已，他也會真正用心幫助別人。如果想把孩子培養成高NQ的人，那麼先給他花錢的機會吧！

給予也是一種技術

從與鄰家分享食物開始

　　首先要對孩子進行給予的訓練，給予是一種訓練，也是一種技術。至於要給予什麼，則不需太過煩惱。

　　一盤煎餅也可以與鄰居分享，既然煎了，那就不妨再多煎一盤送給鄰居。父母親自送去，雖然也沒什麼關係，但最好是讓孩子去做這件事。孩子在把吃的東西拿去送給鄰居時，會聽到這樣的話，「向你媽媽說一聲謝謝，我們真感謝她。」

　　讓孩子感受到因為自己傳遞的一盤食物，會讓人與人之間的關係更為緊密。而且讓孩子知道，可以與人分享的，並不是什麼特定的東西，而是我現在所擁有的東西，如果連很小的東西都不能分享的話，就更別說大的東西了，平時如果不付出，到了該付出的時候，也就更做不到了。

不要輕看包裝

　　包裝不是形式，而是一種禮儀。從孩子小的時候就應確實地教育他們，讓他們養成就算是一個橘子，也應放在端盤上呈遞給客人的習慣。誠心包裝好的禮物，可以看出送禮的人的一片心意，

禮物的價值也會隨之提高，重點不是華麗的包裝而是給予他人禮物時所表現的心意問題，收禮的人一看就能知道這個禮物是經過精心準備的。

雖然都是一樣的錢，但當面從錢包裡掏出來的錢，和放在事先準備好的信封裡的錢是完全不同的。禮物也是一樣，如果沒有對收禮的人融入誠心的話，就算禮物是鑽石，那也只不過是一塊石頭而已。在孩子送禮的時候，最好讓他們自己包裝，絕不要忘記在孩子們包裝的時候，要仔細地察看。常常自己嘗試包裝，以及每次包裝時都會受到稱讚的孩子，他們已經擁有了屬於自己的包裝方式。如果孩子需要包裝紙的時候，請按照他們的要求，買給他們，如果連包裝剪刀也需要的話，也請不要猶豫，買給他們吧！這絕對不是浪費，知道以誠心包裝禮物的孩子，最後也會受到最高禮遇的。

不管什麼時候，都可以送禮

禮物不是只有在特別的日子才能送的，生日、入學、畢業、聖誕節禮物，不僅這些，就算是沒有冠上名稱的，只要是孩子想送的禮物都可以送。就算不是貴的、新的禮物也沒關係，如果想把家裡現有的東西送給別人的話，就讓他送吧！如果發生「孩子想給，但父母覺得可惜，因而對孩子大聲責罵」的不愉快事情是很糟糕的。如果有那樣的父母，不是想提高孩子的NQ，而應先向

孩子學習怎樣提高NQ的方法。

在送東西之前，要先想到收禮的人

　　如果沒有接受的人，當然也不可能有給予的人。常常給予、常常付出的人會感謝有這些收禮人的存在。平時如果已經把送禮當成家常便飯的人，在送禮之前，一定會先想一想收禮的人。

　　「這個禮物適合這個人嗎？」

　　「上次我們見面的時候，他好像已經有一個和這個差不多的。」

　　「因為他大部分時間穿西裝，送領帶應該會好一點吧？」

　　越多思考收禮人的情況的話，就越能送出最好的禮物。

　　有一個東西是我想買的，但是又有些猶豫，如果有人能送我當作禮物的話，那該多麼令人高興、令人感激啊！不單純是因為禮物的問題，而是因為他了解我的心情，所以受到感動。如果非常了解我的人送給我一份禮物，我會非常樂意接受，送禮的人也會感到更加親近，兩人之間的關係自然也比以前變得更為親近。

　　如果孩子在準備禮物的話，父母應該多問一下孩子收禮的人的情況，並問他為什麼要準備這樣的禮物。經過這種訓練的孩子，即便是準備一個小禮物，也會一邊想著收禮的人，一邊精心挑選。在這樣的過程中，孩子會養成先關懷別人的習慣，因為先給予也是為他人著想的原因。

付出多少得到多少，你的付出會得到同樣的回報

　　禮物就像迴力圈一樣，把迴力圈扔出去以後，它還會再次飛回來。禮物也是一樣的，雖然不知道什麼時候才會得到回報，但是最後一定會得到你所付出的，甚至超過那些的回報。不要擔心孩子會不會吃虧，多給他們常常給予的訓練吧！就算吃點虧又怎麼樣呢？不知何時那個迴力圈還是會回到孩子那裡的。NQ是沒有有效期限的。

用數位來教育孩子

古董電腦的回憶

1898年，我第一次購買電腦和印表機，雖然因為寫博士論文不得不買，但對於還是學生的我而言，還真的是下了一番決心。經過百般挑選，最後購買了最便宜的電腦和二手印表機，但不久之後，我就意識到這是一個非常錯誤的決定，現在回想起當時的情況，還是後悔得捶胸頓足。

運算一些比較大量的統計資料，或者是使用的時間過長的時候，電腦就會迫不及待地當機。印表機如何呢？真的可以用「便宜沒好貨」來形容，即便是修理過後，列印一張也至少需要五分鐘的時間，就在印表機不停抖動的同時，我腦裡所有的思緒也好像全部飛走了。還有一次，寫了將近一半的論文全部不見了，當時的心情只能用「無語問蒼天」來形容，我的妻子也處於即將昏倒邊緣。

反正買的是便宜貨，換不了了，就將就著用吧，再忍忍吧，好像念咒語似的，一再忍耐，但是在修改論文、列印時，浪費了許多無謂的時間。如果有台好機器的話，所需時間至少能減少一半以上，現在仍覺得那段時間太過可惜。

當時不懂「在投資的時候，應該要果斷」的真理，從那次之後，我買電腦一定會買當時最好、最新的機種。妻子也寧願在買菜時省著點用，但在給孩子們買資訊工具時，一定毫不吝惜。沒有技術的木匠會埋怨工具，但是有技術的木匠都有屬於自己的好工具，工具用得不順手的話，就會阻礙實力的發揮，只會讓脾氣變壞。

孩子也是一樣，只給孩子一枝鉛筆、一本筆記本，然後對他們說「要努力學習啊」，這種做法只有在愚人節時才會發生。其他方面節省一點都無所謂，但工具一定要買最好的，電腦是現在必備的工具，就好像父親小時候用的筆記本、鉛筆或者橡皮擦，更重要的是電腦是與他人溝通的工具，因此也好像是嘴巴和耳朵，如果想在買電腦的錢上節省，那還不如餓肚子好了。

如果想要提高自己孩子的NQ，就在數位設備上投資吧！只要父親少喝一點酒、母親少買一件衣服穿就行了，想提高自己孩子的NQ，就得給孩子準備一個好工具。

有些讀者也許會問，那沒有錢的父母該怎麼辦呢？這個問題很對，低收入階層和農村人口資訊不足是現階段非常嚴重的社會問題，政府絕對不能視而不見，為了減少兩個不同階層的孩子，因資訊分配不均產生差異，政府應該不惜對農村和低收入階層的孩子們多做一些投資。

如果電腦好，網路連結速度就會加快

　　現在的孩子實在非常忙碌，小學生除了得做試題外，還要去學英語會話、跆拳道、鋼琴等，上了國中、高中後，更忙於準備入學考試、上補習班，連在旁邊看的人也覺得他們即將枯萎，更別說他們能有時間交朋友了。如果像我們小時候一樣，到朋友家門前大聲喊：「某某某，出來玩吧！」我敢說，不僅是那個孩子，就連那孩子的父母也會在他們住的地方被排擠。

　　所以就如同我在前面提到過的，非常需要類似邀請孩子的朋友到家裡來一起玩的活動，可能的話，應熟知他們父母的面孔和名字，最好能夠頻繁來往。

　　雖然不如直接見面交流好，但是電子郵件和網路對我們的孩子而言，至少能成為製造、修復、擴充日益薄弱的人際關係的一種重要替代方案。用即時傳訊、電子郵件互相問候的孩子們會結識更多的朋友。電腦、手機等電子通訊工具也能發展更好的人際關係。所以電腦和網路是當今人際關係的必須工具，也是NQ的觸媒。

　　事實上，有些社會學研究成果也認為電子通訊能促進人際關係的發展。美國的社會學家林頓・弗萊曼把人際關係分成四個階段，分別為：彼此處於陌生狀態的「認識不足」階段、只有一方知道另一方的「認識」階段、沒有見過面但是「互相認識」的階

段、最後是見過面或者是相互用電子郵件交換資訊的「已認識的階段」。

　　林頓‧弗萊曼得出了這樣一個結論：使用電子通訊的人比不使用的人更能迅速地通過這四個階段。他的研究結果是，沒有電子信箱等電子通訊手段的人，沒有一個人能全部通過這四個階段。相反地，使用電子通訊手段的人當中，30%以上的人通過第三個「互相認識」的階段，100%的人完全通過第一個「認識不足」的階段。

　　時至今日，沒有電腦根本就不可能形成和發展圓滿的人際關係，當我們的孩子長大成人以後，製作網頁、動畫、編輯音樂互相傳送等都不會再是什麼技術了。就像我們以前用鉛筆寫字、用膠水貼信封一樣，只要會說話、會寫字的人都能做的。到那時候，寫毛筆字、畫水彩畫反而會成為更為特殊的技術，因此孩子們能自由自在地使用電腦，是提高孩子NQ的必經階段。

　　如果可能的話，應該給孩子們提供最好的數位裝備，如果現在有兩個孩子，各擁有一台好電腦和一台速度慢的古董電腦，也許現在的差距不會太明顯，但可以肯定的是，將來這兩個孩子的差距一定會越來越大。

　　日本有句俗語：「想把孩子養成『巨物』，就得先加高屋頂。」意謂看著大世面長大的孩子，越會有可能成為「大人物」。盲目的節省並不是什麼好事，每個人都有要投資的「時候」和要投資

的「對象」。性能卓越的電腦和網路會節省孩子寶貴的時間，而且能帶領孩子們進入更為廣闊的網路世界。

所以千萬不要對孩子們說：「我們那時候連打字機都沒有」之類的話，其他的可以節省，但對於資訊工具一定要投資，如此，不但孩子的電腦實力會提升，他的人際關係也會愈加寬廣。

不要讓孩子成為網路的門外漢

社會網路關係與團體行動諮詢專家巴爾迪斯·克萊普指出，在網路上的人際關係將提供給我們從未經驗過的社會網路。

NQ高的人可以通過網路強化或擴大自己的人際關係，他們經由網路或電子郵件，不但可與各個不同階層、不同領域的人進行各種資訊、想法、興趣的交流，甚至可以進行感性的交流。而且利用網路能更加鞏固已經形成的人際關係。

當然，如果孩子們一天24小時都坐在電腦前，也會成為降低孩子們NQ的主要原因，過度使用電腦是不行的，一定要好好地控制使用的時間。為此，父母需要對孩子的電腦進行定期的檢查，特別是色情網站、過度的網上聊天、網路遊戲中毒等是孩子和網路關係中最為陰暗的部分。如果父母對電腦和網路沒有自信，可以請周圍的人（叔叔、後輩、公司同事等）幫助檢查。

儘管如此，孩子們也不能遠離電腦，如果家裡太嚴格地禁止孩子使用電腦的話，孩子會自己出去外面解決。我們都知道，到處

都是網咖、遊戲廳，這個時代已經是只要孩子們想做什麼就一定能做的時代，與其讓他們在外徘徊，還不如在家裡塑造一個比網咖更好的環境。

記下孩子的電子郵件位址，常跟孩子交換電子郵件，如此會讓父母和子女之間的關係，發展得更為親密。如果偶爾有時間能跟孩子聊聊天的話，那會更好。你會發現通過網上聊天，能跟孩子更自然和更親密地聊很多平時不好意思說出口的話題。

我認識的一位女法官說，她女兒第一次來月經的時候，總是避開和她交談，後來她和女兒利用網上聊天，分享了很多話題。根據我的經驗，想跟剛進入青春期的子女打開祕密通路的話，電子郵件和網上聊天會是相當好的祕密武器。

不要過於擔心整天坐在電腦前面的孩子，就當作孩子不吃不喝，只抱著鉛筆和筆記本一樣即可，如同父母想翻開孩子的筆記本，看看裡面有什麼內容一樣，父母經過電腦前面的時候，看一看電腦螢幕上有什麼就行了。

電腦既是與別人溝通的工具，也是資訊時代所必備的工具。提供孩子現在你能給他最好的數位環境，但是一定不要忘了對電腦進行定期的檢查，而且常常跟孩子交換電子郵件或者進行網上聊天，這樣不僅能提高孩子的NQ，你會發現自己的NQ也大大地提升了。

讓孩子沉浸書海

　　讀書就能見到很多人。書中有各式各樣的人物登場，但是沒有一個是相同的，經由讀書，孩子們可以了解到這個世界上除了自己以外，還有很多其他的人。孩子們也能夠自然而然地理解所有人都是不一樣的，不僅是長相、個性、生活的地方，或者所從事的職業都是不一樣的，孩子們會了解到地球上有很多這樣的人，知道這些以後，他們就會想要見到世上的人群。

跟孩子一起探討書中人物

　　先聽聽孩子們說他們看的書中，有哪些人物登場？對那些人物是怎麼想的？聽完以後，你可以把書中的人物結合現實，重新和孩子討論。問問孩子，如果在現實生活中遇到那樣的人，要怎麼對待他？再問問現在他認識的人中，有沒有類似的人物？讓孩子養成把書中的人物和現實的人物結合的習慣，這樣才能讓孩子把書中的人物當成在現實生活中即將要見到的人物一樣。如果孩子能夠研究每個人的個性，並且和父母討論如果見到這樣的人應該怎麼處理？這孩子的NQ不可能低，這樣的孩子不管見到什麼人都不會緊張，因為孩子已經學會了完全接納別人。

孩子想讀的書就是好書

　　買書的時候，最好是買孩子想要的書，而不是父母選給孩子的書，即使在父母看來，孩子選的書一無用處，也還是買給他們想要的書。如果父母想買給孩子的書和孩子想要的書不一樣的話，我敢說，十有八九是父母錯了。我有時去市內大書店時，會看到孩子想買漫畫書，但父母卻逼著孩子買偉人傳記，這時父母應該好好地思考，換成是你的話，你會願意讀偉人傳嗎？

　　當孩子們按照自己的興趣讀起書來的時候，他們心裡就會自然而然地浮現想讀的「圖書目錄」。孩子們自己選書，就意味著當他讀書的時候是主動、積極的。只有在選書時失敗過的人，在選人的時候才不會失敗。能選擇好書的孩子，也能馬上認出好人。只讀父母挑選的書，會讓孩子缺乏選書的「眼光」和「勇氣」。小說家維吉尼亞・吳爾芙的父親，完全開放自己的書房給女兒，只要維吉尼亞願意的話，她甚至能讀成人小說。即便如此，維吉尼亞也沒變成壞孩子。記住，孩子現在想要讀的書，就是他現在需要讀的書。

不要阻止孩子讀書

　　孩子想要讀多少書，就讓他讀多少。即使孩子們熬夜讀書也不會暈倒，即使孩子們把作業暫時擱下，先讀書，也不會耽誤他們

的人生。絕不要爲了學校的學習而限制孩子們的讀書時間，這樣的孩子長大之後，只會想認識對自己有幫助的朋友，卻總無法遇見。如果孩子想讀書，就讓他無拘無束、痛痛快快地去讀，這樣成長的孩子會見到他想要見的所有人。

讓孩子讀關於各個領域的書

　　世界上最可怕的人，是只讀一本書的人。只讀一本書或者一個領域的書，就將其中內容當成是世界全部的人，比不讀書的人更危險。如果有誰想把孩子養成傲慢、獨斷獨行的人，就讓他背誦一本書就行了。

　　讀的書多、學識淵博的人從來不會在別人面前堅持己見。讀書固然重要，但不要事先規定書的種類，偏見和成見是提高NQ的主要敵人，如果想遠離這些敵人，就要讓孩子們從漫畫書到童話書，從有關動物世界的書到有關外界生物的書，全部都讀一遍，通過閱讀各式各樣、廣泛領域的書，孩子們會自己學會應給予他人的寬容和理解，這樣長大成人的孩子就不必再進行NQ的測試了。

讓孩子送給朋友書當作禮物

　　雖然多給孩子買書是很好的事情，但是讓孩子送書給別人做爲禮物更爲重要。孩子如果說出「這本書眞的太有意思了」或「主

角眞的太令人感動了」的話，父母就應該對孩子說：「送那本書給你最好的朋友當禮物，怎麼樣？好書要是自己一個人看的話，不是很可惜嗎？」建議孩子送禮物。買書、看書、把書作為禮物送人的孩子，他們的NQ不用看也可以知道。知道把好書和別人一起分享的孩子的NQ，已經遠遠超過一般成年人了。

不要強迫孩子讀書

可能有些孩子不願意讀書，但是不必太擔心，不！應該說就算擔心也是沒用的。你最好這麼想：「孩子可能擁有比讀書更有意思的東西。」

眾所周知的電影導演艾佛烈·希區考克把自己的一生都獻給了電影事業，但他曾經說過「不拍那些破電影又如何？」讀書人即是有教養的人，但很難說是有高尚人格的人，讀了上千上萬本書的人，也有可能是獨斷獨行的威權主義者，或者是內功深厚的騙子。不要讓孩子們認為讀書是衡量教養和人格的尺寸，為了讓孩子們開心地讀書，讓孩子們和書交朋友，就得先打破認為讀書很了不起的錯覺。

法國的著名作家兼教師丹尼爾·碧納克曾經在他撰寫的讀書論《像小說一樣》裡提到，「閱讀」這個動詞就像「作夢」、「愛」一樣不能改為命令句，就像命令人去「作夢」、「愛」是不能成立的事實一樣，命令一個不願意讀書的孩子「讀書」是沒有任何

用處的。這反而會讓孩子假裝在讀書，或者成為孩子們的安眠藥代用品，是不會達到預期的效果的。所以為了讓人們更易於讀書，為了讓人們能與書更親近，碧納克提出以下的十種讀者權利，我從很早以前，就開始實踐這些權利：

- 不讀的權利（我心情不好或者書裝訂得不合我意，反正我不想讀的時候，就不讀。）
- 跳過閱讀的權利（我讀新出版的專業書籍的時候，常用的方法。）
- 不用都讀完的權利（我從上高中的時候就開始閱讀《浮士德》，但是到現在都還沒有讀完。）
- 反覆閱讀同一本書的權利（我喜歡的聶魯達詩集讀了太多次，現在都已經可以背誦。）
- 隨意閱讀的權利（讀李賢世的漫畫的時候，突然改讀馬克斯・韋伯又如何？）
- 把作品中的人物和現實中的自己混淆的權利（如果我閱讀莎士比亞的哈姆雷特，我會成為書中的主角哈姆雷特，但有時我想成為洪吉童〔韓國第一本白話小說的主角〕。）
- 閱讀時，不受地點影響的權利（在床上讀書、在火車上讀書，在游泳池也可以讀書。）
- 一個部分一個部分挑著讀的權利（我的特長。）

- 大聲朗讀的權利（興致勃勃或者感動的時候。）
- 偷偷閱讀的權利（讀書最好的一點就是把書中的快樂據爲己有。）

這樣一一列舉以後，我自己都可以說「讀書不過如此而已！」而且更增加了自己讀書的勇氣，連我這個大學教授尚且如此，更不用說現在聰明絕頂的孩子們，他們更不會害怕讀書的。

書是連接人與人之間的橋梁，踏上這個橋梁以後，會遇見更好的人，會產生更好的想法，NQ也會變高，沒有一個孩子會淹死在書海之中的，所以就儘管放心地帶孩子去書店買書吧。

沒有看報紙的「被孤立者」

認知他人的存在

　　最近的孩子們以對政治問題或者社會問題不關心為一種驕傲，在他們的對話當中，只有前天電視節目中出來的明星、新的遊戲、新電影或者電腦和手機性能的內容。在這種對話當中，如果有個孩子提起社會問題或者政治問題的話，其他的孩子可能會把他看做是外星人的。

　　政治家這個職業，幽默一點說，被比喻為傻瓜、騙子、笨蛋的象徵，這些都是他們咎由自取的。韓國大多數的政界人士到目前為止還堅守地域情節、派閥、幫派系統等既得權利，而疏忽了國家的發展和國民的福利，因此遭到國民的批判。

　　但是我們繼續諷刺政治、誹謗政治、遠離政治會是好的解決方法嗎？不是的。我們沒有政治是無法生存的。國民離政治越遠，政治反而就會變得更為糟糕，國民要關心政治，勇於參與政治，如此才能樹立一個好的政治榜樣。我們常說一個國家的政治水準和那個國家的國民水準成正比。

　　人不能獨自生存，我們要關心政治問題和社會問題，這意味著我們應該關心圍繞我們的這個世界，也意味著我們應了解規範我

們生活的法則、秩序和主要矛盾。換言之，對社會和政治問題不關心的人，就等於對影響自己現在和未來生活的因素漠不關心，這樣的人也不會關心自己周圍的人。

這樣的人如果增多的話，無疑會造成嚴重的社會問題。有人會說，對政治漠不關心的人可能是為表示自己較為成熟、正直，但是人類社會和其他動物群體之間的最大區別，不就是人類對自己生活的自覺和對其他人的關愛嗎？不想回應這種義務和權力的想法未必正確。

我想提一個愚蠢的問題，母親常對自己的孩子說做人要正直、善良、要做個好人。為什麼要做一個好人呢？有宗教信仰的人可能會回答說聖經、佛經上這麼教導。但沒有宗教信仰的人，該以什麼為根據而不害別人、不欺騙別人、不做壞事呢？

我們可以從義大利符號學大師安伯托・艾可（Umberto Eco）和樞機主教卡羅・馬蒂尼（Carlo Maria Martini）的著書《信仰或非信仰》一書中找出上述問題的線索。

對於樞機主教馬蒂尼所提「非信仰人士的『善』從何而來？」的問題，艾可回答道，「當人們發現自己裡面的『他人』的時候，人們才能得到倫理。」

這意味著，當人們認知到別人存在的時候，才能尊重和肯定別人的肉體以及肉體的延伸，即語言、思想等。

當一個人謀害他人的時候，不管是長期計畫的還是一時衝動所

產生的，都是因為把被害者當作「物」而沒有當成「人」所產生
的後果。納粹大量屠殺猶太人，是因為把「他人」的範圍只侷限
於自己民族而產生的。

對他人的關心即是對自己生活的這一整個世界關心的開始，也
是自覺地肯定自己是這社會一員的出發點，怎樣能喚起人們對他
人和這個社會的關心呢？

我推薦讓孩子們多讀報紙。據我十年教學經驗，我發現愛讀報
紙的孩子是不會墮落的，如果有人讀報紙，就表示那個人對社會
各界問題抱持關心。

沒有看報紙的「被孤立者」

沒有一個人會因為讀報紙而被其他的人所排斥，也沒有讀報紙
的吸毒者。敢問有哪位見過因為關心社會問題，而被其他孩子所
排斥的孩子呢？如果擔心孩子在學校會被同儕排擠的話，先讓他
讀報紙吧！

先關心別人，才有可能去愛其他人。當別人有喜事時，就真心
祝賀，他人有困難時，就積極幫助。不管是去祝賀還是幫助，前
提是先要知道對方的消息。

讀報紙表示對這世界充滿好奇，和對其他人的關心。讀報紙是
為了了解這個世界上，天天都有些什麼事情發生？這種好奇心和
需求驅使我們天天讀報紙。

　　認真讀報紙的孩子當然對國家內外發生的事瞭若指掌，這意味著你的孩子已漸漸成爲社會成員的一分子了，千萬不要因孩子的想法幼稚而忽視或無視孩子的想法，不要用「小孩子懂什麼？」之類的話抑制孩子們的想法，相反地，應該大大稱讚孩子。

　　先問問孩子是從哪裡聽到或看到那個消息，確認消息的出處，如此孩子會感受到分享資訊的快樂。

　　不管別人的死活、不管世事風雲的孩子，才是真正的問題兒童。心中存有對他人的關心的孩子NQ也會高，成功的可能性也隨之變高。

讓孩子們對於報紙內容產生懷疑

　　很多報紙的報導並不正確，孩子閱讀報紙的時候，要讓他們養成一種習慣，就是不要千篇一律地接受報紙上所說的結果。與其讓孩子盲目地罵報紙上寫的壞人，不如問他「爲什麼這個人會做這種事呢？看長相好像是好人……」、「是不是還發生了其他報紙上沒有刊登的事情？」

　　爲了避免孩子看完報紙後，不相信他人或對於世界產生否定的想法，有必要常常和孩子們就報紙上的內容進行討論。如此既可以了解孩子們的閱讀能力、語言能力、英語詞彙實力，也可以確認孩子們對這個社會以及世界的看法。

　　父母們也可以常常給孩子提反問，比如，報紙上所說的內容是

眞的嗎？這個題目恰當嗎？符合主題嗎？對於這個事實的主張是不是太狹隘了？這廣告太誇張了吧？如此可以讓孩子們在讀報紙的時候，也可以偶爾懷疑一下報紙的內容，這會使孩子不致偏向於偏激的主張，讓孩子長成高瞻遠矚的人。

要和孩子一起剪報

報紙和書不一樣，看完了，第二天就成垃圾了。雖然現在可以透過網路隨時搜尋新聞，但還是應該和孩子一起進行剪報，這會使孩子的NQ大幅增長。

專欄也好，廣告也罷，只要是孩子喜歡的內容，就全部剪下來收集起來。如果再記錄上孩子們的想法、日期，那就更完美了。可能有人會問，爲什麼剪報會提高孩子的社會性呢？

如果孩子進行剪報，就能看到孩子對什麼事抱持關心？都想了些什麼？這樣父母也可以知道孩子關心什麼，也可以讓孩子們更客觀看到自己的成長過程。

NQ是在維持與他人的關係時不斷上升的。雖然報紙上的人物是孩子不認識的人，但孩子可以透過剪報的形式，繼續維持與報上人物的緣分。如果養成了這種習慣，孩子們會自然而然地把社會問題接納爲自己生活的一部分。

可以要求孩子幫你念報紙

不會有太多孩子把報紙從頭到尾一字不漏地全讀下去的，他們可能只看關於明星的內容或者只讀有關足球、棒球的消息。當然，我並不是說這些不好，但是像飲食習慣中偏食有害健康一樣，只讀取一個領域的新聞絕非好習慣。但父母也不能整天嘮叨，要孩子每個版面都讀，這是沒有用的，也不要對孩子們說：「政治版也要讀，社會版也要看。」最好讓孩子幫你朗讀那些他沒看的部分。

你可以這麼說：「媽媽現在在廚房有很多事要做，乖兒子（女兒）能不能幫我讀政治版的頭條新聞呢？」讀幾遍新聞之後，孩子們也會對此產生興趣，如此父母也不用整天嘮叨了。然後是經濟版，再後是國際版，讓孩子一個一個讀的話，孩子就會接觸到各方面的新聞了。而你也可以適當地加上「讀得真好！」之類的讚揚。

遇見人要先大聲打招呼

省略打招呼的社會

我們通常在電梯裡見到陌生人時從不打招呼，就算見到生活在同一棟樓裡的鄰居時亦然。外國人就算是碰到陌生人也都會笑著打招呼，但是我們的生活中這種禮節越來越少了。

孩子們也學會了大人的樣子，不主動打招呼了。可能有些人會說，彼此都忙碌，省略一下招呼又何妨？我倒想問，那一天三餐爲什麼都要吃？都這麼忙碌，少吃一兩頓也可以嘛！不會打招呼和不吃飯是一樣的道理，孩子長大以後就會營養不良，爲了避免讓孩子在人際關係上變得營養不良，爲了不讓孩子的NQ低落，讓孩子們多學習主動向人打招呼吧！

打招呼是向別人表示自己的存在，也同時是肯定對方的表現，常常相互打招呼，對人際關係只會有益，所以如果想提高孩子的NQ的話，我認爲打招呼是第一個步驟。然而當接受問安的一方認爲這的確是對他懷有好意的時候，這個問候才能生效，因此要讓孩子打招呼時認眞、眞誠，這樣才能提高孩子的NQ。打招呼也有各種不同的方法。

聲音嘹亮

　　要教孩子們大聲向別人問好，這是向別人推薦自己的好方法。大聲笑著打招呼的話，打招呼的人也起勁，接受招呼的人心情也好。這樣每個人都會說：「這孩子真乖。」被這樣稱讚過的孩子就會知道打招呼的重要性，以後自然會主動向別人打招呼。

多說一句問候語，效果會更好

　　讓孩子向別人問候的時候，最好教他多加一句問候語。這種問候可以表示對對方的關心，關心只有表現出來時，才能傳達給對方。打招呼並不是單單一句「你好！」而已。「您去哪裡啊？」「我幫你拿東西吧！」「去補習班學鋼琴啊？」「自行車真好看啊！」「帽子好漂亮啊！」僅僅多加一句這樣的話，就會讓對方的快樂增加好幾倍，當然孩子的NQ也會隨之提高的。

通過問候宣傳自己

　　孩子回到家裡後，問問他今天見到了誰？然後問他怎麼和人家打招呼的？如果直接問孩子「你今天跟誰打招呼了？有沒有認真打招呼啊？」會使孩子產生壓力，這樣孩子們就會想避免和別人打招呼了，所以不能讓孩子們產生這種被強迫的感覺，而應該自然地問他：「回來的路上有沒有遇到熟人呢？」如果孩子說遇到

某某了，你不妨這麼對孩子說：「媽媽好久沒見到她(他)了，她過得好嗎？有沒有打招呼啊？下次別忘了替媽媽向她問候啊。」

你也可以適當地表示對孩子朋友的關心：「那小朋友很會打招呼，很乖啊！」這樣當然會促使孩子主動向別人打招呼了。自己認識的人多，通過問候宣傳自己，孩子的NQ當然會升高了。

教孩子面對不同的人都主動打招呼

教孩子不管是什麼人都要主動打招呼，我們常教孩子見到大人和長輩得先問候，但是不管對方是男女老少，都應該主動先打招呼。教孩子們選擇人打招呼，還不如教孩子不要打招呼。年紀小的人向年紀大的人問候，或者是下屬對上級的問候很可能不是真心的，弄不好還會被誤會成阿諛奉承或者是點頭哈腰，教孩子們不管什麼人都主動問候，只有這樣才能真正提高NQ。

教孩子恭恭敬敬地打招呼

要教導孩子恭恭敬敬地打招呼，父母要以身作則，做個恭恭敬敬打招呼的好榜樣。孩子們見多了也一定會學。最近這樣的招呼越來越少了，大多數只是隨口說一句「你好」就完了，笑著問候還好一些，連話都不說，只是點一下頭的打招呼方式，碰上了心情就不好，那還不如不打招呼。要教孩子們雙手併攏、低頭向人恭恭敬敬地問候，這樣接受問候的人才會對孩子長久記憶。

教孩子電話問候方法

　　不一定要見面才能打招呼或問候對方的。要教育孩子在接聽那些找父母的電話的時候，該怎麼向對方請安。當電話裡有人問：「爸爸媽媽在嗎？」的時候，不要讓孩子只回答「在」或「不在」，不管是誰打電話來，都得先讓孩子們習慣於說：「你好！」如此打電話的人也會主動說明自己身分而且向孩子打招呼的。作爲父母也理所當然地應該好好接聽孩子朋友們的電話，當接到孩子朋友們電話的時候，父母們應該先主動而且親切地向那些小朋友打招呼，當然也千萬不要忘了讓小朋友來家裡玩，掛斷電話的時候，不要忘記等對方掛斷之後再掛。

會打招呼的孩子是活躍的

　　當家裡有客人來的時候，應該教導孩子學會主動到門口迎接客人，等客人走的時候，再讓他把客人送到門外。不要認爲送客的時候，在屋子裡面簡單應酬就可以了，沒人會認爲這是好的待客之道，如果這麼做，父母和孩子的NQ都會下降。

　　打招呼的時候不僅要恭敬，而且要認眞。見面和分手的時候都要適當地打招呼、問候。亦即意謂見到你很高興，和你分開很遺憾。但是不少人卻是見面的時候不冷不熱，分開的時候開心。我們不必強迫孩子出來送客人，給他一個類似的教育就行了。比方

說，送孩子上學或者上幼稚園的時候，不要只在屋裡送孩子，而是親自送到門外或是車站，然後問孩子的感覺，如此孩子們就自然而然地知道送客人到門外的重要性了。

俗話說「不往笑臉吐口水」，這句話非常正確，打招呼也是一樣的，「不可能往向你打招呼的人身上吐口水」。打招呼意味著：「我在這裡，您也在這裡啊。」這種肯定對方的語言或行為沒人會感到反感，沒有人會輕視大方證明自己存在的孩子。好好教育孩子向別人問候，要能讓接受問候的人毫不遲疑地說出類似「這小孩子真乖」之類的話。養成良好問候習慣的孩子，必能很快提高自己的NQ。

乾脆打一下還比較好

不要傷孩子的心

「因為你，讓我覺得很丟人。」

「你看你都做了些什麼？這副死樣子！」

「看到你這種孩子真煩，太討厭了。」

「白生你了。」

「你去死，我也去死，在外面死掉吧！」

「飯桶，壞蛋，倒楣鬼，連狗都不如的兔崽子。」

「不用上學了，在家裡工作吧！出去賺錢回來吧！」

「你給我滾出去！」

「媽要離家出走了。」

「你是這世界上最沒出息的孩子。」

「你是我們家裡的大麻煩。」

「你腦袋是石頭做的？」

「沒人來把他抓走嗎？」

「你不是我的孩子，也不要叫我媽。」

「我連看都懶得看你。」

「你這個小冤家啊！」

在上述的話中只要用上一句，就會在孩子心裡印上烙印。這並非誇大其詞，這些話是從兩篇關於虐待兒童和不良少年的論文裡擷取出來的「最糟糕的語言」。

金慶熙教授的《預防兒童虐待，父母在家庭裡的功能》和金貞玉教授的《青少年的家庭暴力經驗與學校暴力的關係研究》，這兩篇論文裡得出的結論均是，語言暴力比身體暴力對孩子的心靈產生更嚴重的傷害。與其說錯一句話，不如讓孩子受點皮肉之苦。

按照金貞玉教授的研究，兒童最常接觸的語言虐待的類型有以下幾種。

- 連狗都不如，傻瓜，壞蛋，白癡，天殺的，兔崽子，這冤家：40%以上
- 連看都懶得看你，在我面前給我消失！35%
- 你是這世界上最沒出息的孩子！你是我們家裡的大麻煩！你腦袋是石頭做的？不用上學了，在家裡工作吧！出去賺錢回來吧！：20%以上
- 像你這樣的孩子死了算了！：10%以上
- 沒人來把他抓走嗎？：8%

如果從自己父母口中聽到這些話的孩子們會是什麼樣的感受呢？按照金貞玉教授的研究，有以下的幾項研究結果：

- 心情非常不好：71.3%

- 生氣：69%

- 悲傷和心痛：60%

- 冤屈和憤怒：56.5%

- 感覺自己是沒必要的存在：49%

- 想大吵一架後，離家出走：40.9%

- 開始討厭媽媽了：37.7%

- 想殺人：35.1%

- 感覺羞恥或受到了侮辱：34.2%

- 害怕回家：28.1%

- 感覺自己不是父母親生的：16.5%

從上述案例可以了解到，使用這些語言並不是在教訓孩子，而是在施以語言虐待。

用這種語言虐待孩子，會使孩子喪失對父母的信賴，而且嚴重傷害到孩子的自尊心，會使孩子對自己的存在產生懷疑。

金教授警告：如果孩子們受到這種語言虐待以後，不能釋放出自己壓抑的感情的話，會喪失對他人的信任和對整體社會的信任，從而形成反社會的傾向。不僅如此，聽到這種話以後自尊心受到傷害的孩子們會因為羞恥心、畏縮感、自卑感而失去社會活動能力。

　　但不是說受過一兩次語言虐待的孩子，都會成爲不良少年。問題是感覺到自己是沒有存在意義的孩子身上，會出現自暴自棄的現象。而否定自己的孩子會有可能尊重其他人嗎？

　　有人會說，父母與子女之間可以說各種話，如果太過嚴格限制使用的語言，豈不是要讓父母縫上嘴不說話？如果有這種想法的父母，最好是放棄孩子的NQ，父母的一句話，會使孩子的NQ變爲零，自尊的喪失和對他人的否定正是零的狀態。

　　對快速成長的孩子來說，父母的一句話有可能會讓孩子鎖定自己的性格和未來。關心自己孩子NQ的父母，要先注意自身平時的言語，如果需要花錢，我們可以不給，但是稱讚的話、溫馨的話是不用錢也可以說出來的，作爲父母一定要注意避免傷害孩子心靈的惡言惡語。

教訓孩子也得分清場合

　　我們不僅要注意惡言惡語，還得注意不能什麼事都寵著孩子，一味地說「好的好的，可以可以」，這樣會引起反效果。爲了增加自己孩子的骨氣，一味地說「好，好」是會讓孩子變壞的。有些人竟然說，外國人從來不打或教訓自己的孩子，這完全是無稽之談。

　　不管是美國或日本，只要是在公共場所大聲喊叫，或者是無理取鬧、跑來跑去的孩子們，都會被拉到洗手間受嚴厲的處罰。他

們並非隨便打孩子，他們會讓孩子趴到父母的膝蓋上，然後打兩三下屁股。

　　但是他們從來不在別人面前打孩子或者是教訓孩子，他們通常會進洗手間打開水龍頭，然後才開始教訓孩子，所以沒人知道他們到底是怎麼教訓自己孩子的。

　　在別人面前不抹殺孩子的骨氣，但要正確地教育孩子什麼是該做的，什麼是不該做的。想把子女教育成NQ高的孩子，就得這樣分清時間和場所，適當地對孩子進行教育。

　　教訓歸教訓，但不要因為孩子沒有做作業或者成績不好等個人的事而發脾氣。如果孩子在與別人的關係上處理錯誤時，要嚴厲地批評，這樣被嚴厲訓斥的孩子才會知道適當地處理與別人的關係是多麼地重要。

　　如此，被訓斥的孩子不會隨意對待別人，這樣的孩子會知道在與別人的關係處理上，該做什麼，不該做什麼。當然懂得自己該做什麼的孩子，NQ自然而然會提高了。

按照聽到的去說

　　富不過三代，但是NQ可以持續三代以上。NQ高的父母絕對不會出口傷害子女或其他人，他們擔心孩子會學他們的語氣，所以說話非常小心，也不會在背後罵人。

　　孩子自然會學習父母的語言習慣，我父親吃飯的時候，總是對

我們五個兄弟說「少說話，多吃飯」，現在身為父親的我，也不知不覺地常常對孩子說這句話了。而我原本還以為只有我自己會說這句話，後來發現我哥哥和弟弟們也都在飯桌上對孩子說過這句話。

不一定要選擇有品味和困難的話說，在孩子面前多說別人的好話，多說溫馨的話，這樣世世代代NQ都會變高的。從父母那裡聽到什麼，孩子就會學著說什麼。「在孩子面前連涼水都不敢喝」這句話不是沒有理由的。

我說的話會決定我子女的NQ、決定我家庭的NQ。

【後記】
溫馨的韓國，NQ強國

「韓國人聰明但不團結。」

「韓國已經不再是發展中國家，但想成爲發達國家還差得遠。」

聽到這種話的時候，我總感到很傷心。

爲什麼我們國家要受到這種待遇呢？我們國家不是以熱情、良善、感情豐富而著稱的嗎？說到這裡我想提倡把我們國家建造成一個「NQ強國」。

不要被「強國」這一説法嚇到了，NQ強國不會鄙視其他國家，也不會侵害其他國家。鄰國發達，我們才能發達，不持有這種Win-Win法則的觀念，怎麼能說是一個NQ高的國家呢？NQ強國意味著「溫馨的韓國」。

如果我們國家的國民自覺地提高自己的NQ的話，韓國會變得很溫馨，成爲NQ強國只是時間問題而已，因爲我們NQ的基礎本來就很好。

只有一條路才能讓我們成爲NQ強國，那就是提高我們每個人的NQ。韓國人的NQ如果能整體提高的話，韓國必定會成爲NQ

強國。先肯定他人、體諒他人、理解他人的國民，肯定會形成堅固的人際網路。這樣的人會成功，會得到幸福，得人尊重，國家也是一樣的道理。

NQ提升的話，國家的競爭力才會上揚，信用等級才會提高，外國人才會想來韓國，國外的僑胞也才會享受到良好的待遇。但是這些我們姑且不談，最重要的是，如果韓國變成NQ強國，我們自己的生活會變得更美好。因為人與人之間是互相尊重的關係，用頭腦解決不了的問題，我們可以用寬闊的胸懷去解決，秉持這個原則的社會才是真正的NQ強國。

我在這本書上提及許多關於孩子們NQ的問題，因為孩子才是日後NQ強國的主人翁。我希望能告訴逐漸成長的孩子們，打破IQ的框架，施展自己的可能性。我相信我們的孩子們能成長茁壯為NQ發達的世界公民。到那時，我們國家就能成為一流國家，我們的國民就能成為受到尊重的國民。

現在是NQ的時代。「國民收入2萬美元時代」也好，「世界一流國家」也好。但是在那之前，把我們的社會建設成相互信任、相互尊重、相互理解的高NQ國家更是當務之急，我們是出口大國，這次出口我們的NQ如何呢？

有人會認為提高NQ只會對別人有好處吧？但重要的是，努力提高NQ的人會在過程中感受到幸福，我在給各位闡明NQ理論的時候，也感受到了無比的幸福。

　　有些人可能會懷疑，我們果眞能成爲NQ強國嗎？我想引用目前身在印度，NQ極高的達賴喇嘛的話作爲回答。

　　某一天我也會因為無限的確信而成為極其具有野心的人，但是到了第二天我的想法又會改變，我又重新變得謙卑而柔和。我也會有這種情感的起伏，加油吧！韓國人民不是以意志堅強、無所不能的霸氣而著稱的民族嗎？

　　　　　　　　　　　　——金容沃，《達賴喇嘛和金容沃的相遇》

【附錄】：NQ測量表

你的NQ幾分？

一、共存精神

1. 最近一個月間，是否眞心稱讚過一個不在當場的人？

   是（5）　　否（0）

2. 我是否能夠寫出三個人（家人和親戚除外）的名字，他們曾施予我以恩惠，成就了今天的我？

   是（5）　　否（0）

3. 最近一個月間，是否曾想起別人（家人和愛人除外）的面孔，而發出會心的微笑？

   是（5）　　否（0）

4. 下雨或下雪天，在狹窄的巷道上，是否曾爲了讓他人先過而讓路或輕輕地抬高我的雨傘？

   是（5）　　否（0）

5. 別人要求我幫忙時，我是否做好隨時能幫助他人的心理準備？

   是（5）　　否（0）

6. 對於曾經幫助過我的人，是否至少一年去看他（們）或聯絡問安一次？

　　是（5）　　否（0）

7. 最近一年間，看到媒體（電視、收音機、報紙）上報導不幸的人的消息時，是否曾利用電話服務或其他方法捐贈錢或其他救護物資？

　　是（5）　　否（0）

8. 最近一年間，是否有參加過為別人服務的活動？

　　是（5）　　否（0）

9. 我是否奉獻出我收入的1％以上？

　　是（5）　　否（0）

10. 我在最近六個月，是否曾為非家人或愛人的他人禱告過？

　　是（5）　　否（0）

你的共存精神指數？（ ）分

45～50分：你是一個充滿NQ精神的人，正因為你，別人的生命也能散發出光芒。

25～35分：你是一個能夠讓自己幸福，也能讓別人幸福的人，希望你能做出更具體的行動，若然，你周圍會聚集更多好人。

15～20分：你天生具有為他人著想的心，但是目前對於圓滿

> 的溝通沒有信心，鼓起勇氣、勇於表現，可以再
> 走近別人一點。
> 0～10分：你現在完全不關心別人，如果你現在不提高你的
> NQ指數，周圍一定會圍繞著許多敵人，你應該仔
> 細思考自己有什麼問題？

二、共存資本

1. （除學校同窗或公司同事外）我是否擁有至少每兩個月見一
   次面的朋友？

   是（5）　　否（0）

2. （除業務上相關的人以外）我是否擁有至少每個月打電話問
   候我的朋友？

   3人以上（10）　　1、2人（5）　　沒有（0）

3. 我是否擁有眞心希望我一切都好的朋友？

   是（5）　　否（0）

4. 我是否擁有爲我禱告，眞心希望我一切都好的朋友？

   是（5）　　否（0）

5. 有難以向別人啓齒的苦悶時，我是否擁有能向他一吐爲快的
   人（家族除外）？

   是（5）　　否（0）

6. 在我危急時，是否有可以託付家人的人？

是（10）　否（0）

7. 萬一我發生困難的時候（例如發生交通事故時），我是否擁有隨叫隨來，24小時能和我在一起的朋友？

是（10）　否（0）

你的共存資本指數？（　）分

40～50分：你的NQ資本相當強大，你可以說是NQ財閥。

25～35分：你擁有相當厚實的社會資產，稍微再對NQ資本投資一下的話，你的共存指數將會愈形強大。

10～20分：目前從外表看來，可能沒有任何問題，但從社會的危機管理層面而言，並非處於安定的狀態。希望你對NQ資本再行投資。

0～ 5分：你的NQ資本呈現破產狀態，現在立刻投資你的NQ。

三、共存維持

1. 我（最近一年內）是否曾寫信或E-mail感謝曾幫助我的人？
是（5）　否（0）

2. 我在過去一年間，是否曾以任何形式（話語、書信、E-mail）

向某人（愛人、配偶除外）表達關心或愛情？

　　是（5）　　否（0）

3. 我（在過去一年間）是否曾在家裡或其他場所招待過非家
　　人、親戚的其他人？

　　是（5）　　否（0）

4. 我在最近一個月，是否曾贈送禮物（非賄賂）給不是家人或
　　異性朋友（愛人）的人？

　　是（5）　　否（0）

5. 我是否記錄並記住在同一個部門（辦公室）工作的同事的生
　　日？

　　是（5）　　否（0）

6. 我在與公司同事（或知己）一起吃完飯後，是否有先走向櫃
　　台結帳的習慣？

　　是（5）　　否（0）

7. 我在最近六個月間，是否曾爲別人介紹某人？

　　是（5）　　否（0）

8. 無論我再如何忙，是否不會缺席朋友家裡的喪事？

　　是（5）　　否（0）

9. 我是否每年從不遺忘寄給別人聖誕卡或賀年卡？

　　是（5）　　否（0）

10. 我在最近一年間，聽到別人的好消息（就業、晉升、開

業、生產）時，是否贈送花（禮物、祝賀信）？

是（5）否（0）

你的共存維持指數？（　）分

35～50分：因為你的NQ指數極高，是以你的人際網路通暢
　　　　　無阻，你現在的努力，都會讓你的未來更加璀
　　　　　璨。

25～30分：你為了維持NQ，付出相當的努力，雖然你目前
　　　　　的人際網路維持得還算不錯，但為了成為你所希
　　　　　望的領袖，還需要多流一些汗。

15～20分：對於你現在的人際網路，有必要更細心地加以管
　　　　　理，平常應更積極地關懷他人。

　0～10分：你對於自己和他人的關係維持漫不經心，也許現
　　　　　在不會發生什麼問題，但因為你的NQ指數太
　　　　　低，未來將會成為阻礙你發展的絆腳石。

四、共存關懷

1. 我（在最近一個月）是否曾真心讚美過公司的同事或部下？
　經常如此（10）偶爾如此（5）從未如此（0）

2. 我是否曾因為對方的說明太冗長，而中途打斷對方的話？

是（0）　否（5）

3. 我在最近一個月，是否曾對別人（公司同事或部下等）說過「我來幫你」的話？

是（5）　否（0）

4. 我在最近一個月，是否曾對別人（公司同事或部下等）說過「今天辛苦了」的話？

是（5）　否（0）

5. 我在最近一個月，是否曾對別人（公司同事或部下等）說過「連這個都不會」的話？

經常如此（減10分）　曾經如此（減5分）　從未如此（0）

6. 我是否知道我的公司同事（部下、上司）討厭什麼食物？

知道（5）不太清楚（0）

7. 我在吃午飯或公司聚餐的時候，是否為了遷就他人而犧牲我所喜歡的菜單或者去對方喜歡的餐廳？

經常如此（5）　偶爾如此（3）　從未如此（0）

8. 如果和別人（此人非上司或年長者）一起旅行或出差，我是否會在一起坐火車或巴士前，先詢問對方要坐哪個位子？

是（5）　否（0）

9. 因為聚餐或聚會的緣故，導致時間已很晚，我是否曾載別人回家，或者先讓他坐車回家？

經常如此（10）　偶爾如此（5）　從未如此（0）

你的共存關懷指數？（　）分

35～50分：你具有相當非凡的領袖特質，最重要的是你擁有
　　　　　讓別人感到非常溫暖的高度NQ，會成爲讓每個
　　　　　人尊敬你的原動力。現在也許你處於困難時期，
　　　　　但獲得回報的日子一定不遠。

20～30分：你擁有關懷他人的習慣，如果你更加積極維持你
　　　　　的人際網路，總有一天，你的周圍會充斥著喜歡
　　　　　你的人。

10～15分：雖然你原本是一個擁有溫暖心腸的人，但也許對
　　　　　於與別人進行良好的溝通信心不足，鼓起勇氣、
　　　　　勇於表現，並且走近別人一點。

　0～　5分：雖然說這話不太禮貌，但也許你現在正被罵「沒
　　　　　有用的東西」，如果你不提高你的NQ指數，也許
　　　　　你立刻會被敵人所包圍。

五、共存特質

1. 朋友、公司同事或部下職員是否常常尋求我的建言或要求我
　幫忙？

　　是（5）　　否（0）

2. 我在說任何話以前，是否會先考慮對方能否接受？

　　是（5）　　否（0）

3. 我在公司（學生或主婦在學校或公寓、醫院等）乘坐電梯

　　時，是否會為後搭的人或先下的人按住停止鍵？

　　是（5）　　否（0）

4. 我在接受他人幫忙時，是否會立刻表示謝意？

　　是（5）　　否（0）

5. 我在受到別人招待或收到禮物後，不管用何種形式，是否會

　　加以報答？

　　是（5）　　否（0）

6. 我是否認為自己是一個很有福氣（人緣）的人？

　　是（5）　　否（0）

7. 我是否認為結交朋友應不分年齡或職位？

　　是（5）　　否（0）

　　是（5）　　否（0）

8. （即使不是上司或長輩）我平常是否會主動打招呼？

　　是（5）　　否（0）

9. 我對於結交新朋友是否覺得有負擔？

　　是（0）　　否（5）

10. 我是否對於介紹良友相互認識感到高興？

　　是（5）　　否（0）

你的共存特質指數？（　）分

40～50分：你具有最高的NQ特質，現在剩下的事情只有妥
　　　　　適維持你的NQ指數，並開啓新的人際網路。
20～30分：因著你的努力，有充分可能性成爲NQ天才。
　0～15分：如果你不是在喜馬拉雅山洞窟裡冥想的修道者的
　　　　　話，你現在非常需要接受提高NQ的訓練。

六、共存擴張

1. 如果我覺得「我想認識那個人或跟他交往」時，是否會先開
　　口？

　　是（5）　　否（0）

2. 對於初次認識、結下因緣的人，我是否會先打電話或寫E-
　　mail聯絡？

　　是（5）　　否（0）

3. 我是否有依據朋友、同窗、公司同事、交易處等分類的E-
　　mail清單？

　　是（5）　　否（0）

4. （與業務上、專攻科系無關）我是否有定期參加的聚會（同
　　好會等）？

　　是（5）　　否（0）

5. （與業務上、專攻科系無關）我是否有定期參加的研究會或讀書會？

　　是（5）　　否（0）

6. 我是否和各種領域的人接觸？

　　是（5）　　否（0）

7. 對於我所收到的名片，我是否會以特有的分類方法（名片夾、軟體等）加以管理？（學生或主婦依照字母順序或管理類型分類的電話號碼簿、通訊錄）

　　是（5）　　否（0）

8. 我是否持有因為約見人的不同而相應的餐廳清單（或網址目錄）？（在你腦中的也好）

　　是（5）　　否（0）

9. 我是否擁有行動電話、即時傳訊、電子信箱等三樣東西？

　　是（5）　　否（0）

10. 我是否能操使一種可進行日常對話的外國語？

　　是（5）　　否（0）

你的共存擴張指數？（　）分

35～50分：為了擴張你的人際網路，你擁有相當的意志、實踐力和運用的工具，你的未來必定能夠如你所願開展。

20～30分：你對於未來抱有夢想與堅信，你相當清楚爲了實現夢想的實踐力、運用技術和工具中，你需要的究爲何物。

0～15分：如果你不是決定在即將來臨的未來退休的話，你應該清楚地了解到，你對未來的準備實在太過不足。

以上的分數全部相加

你的NQ指數幾分？（　）分

220分以上：夢想的領導者

180～215分：NQ天才

140～175分：NQ秀才

110～135分：NQ凡人

100～109分：NQ白癡

99分以下：一般市井小民所說的「沒用的東西」，或自己堆起圍牆、與世隔絕的隱者或求道者。

經 商 社 匯　　9

NQ時代

作　　者　　金武坤
譯　　者　　盧鴻金
總 編 輯　　初安民
責任編輯　　陳思妤
美術編輯　　許秋山
校　　對　　余淑宜　陳思妤

發 行 人　　張書銘
出　　版　　INK印刻出版有限公司
　　　　　　台北縣中和市中正路800號13樓之3
　　　　　　電話：02-22281626
　　　　　　傳真：02-22281598
　　　　　　e-mail:ink.book@msa.hinet.net
法律顧問　　漢全國際法律事務所
　　　　　　林春金律師

總 經 銷　　成陽出版股份有限公司
　　　　　　訂購電話：03-3589000
　　　　　　訂購傳真：03-3581688
　　　　　　http://www.sudu.cc
郵政劃撥　　19000691 成陽出版股份有限公司
印　　刷　　海王印刷事業股份有限公司

出版日期　　2004 年 11 月　初版
ISBN 986-7420-26-8
定價　　280元

Live by NQ
Copyright © 2003 by Kim Moo-Gon
Complex Chinese translation copyright © 2004 by INK
Publishing Co., Ltd
This translaion was published by arrangement with Gimm-
Young Publishers,Inc. through Carrot Korea Agency,in Seoul
All rights reserved.

國家圖書館出版品預行編目資料

NQ時代／金武坤 著.
- - 初版, - - 臺北縣中和市： INK印刻,
　　2004〔民93〕面 ；　公分

ISBN　986-7420-26-8（平裝）
1. 生活指導　　2. 人際關係

177.2　　　　　　　　　　　　93019195